本书得到了“中欧能源环境项目——重点耗能行业能效水平对标管理项目”(EuropeAid/123870/D/SER/CN)的资助，不得视为反映了欧盟的观点。本书同时也得到了“十一五”国家科技支撑计划行业节能减排技术信息系统和评估辅助系统研发项目(2009BAC65B13)的支持。

This publication has been produced with the assistance of Promotion of Benchmarking Tools for Energy Conservation in Energy Intensive Industries (EuropeAid/123870/D/SER/CN). The contents can in no way be taken to reflect the official opinion of the European Commission. And the publication also received support from 11th-five-year National S&T Supporting Program-Information and Assistant Assessment System on Energy Conservation & Emission Reduction Technology Project (2009BAC65B13).

工业能效水平对标管理

工具与实践

郭日生　彭斯震◎主编

Benchmarking Tools and Practices for Energy Conservation in Industries

科学出版社
北京

内 容 简 介

本书结合“中欧能源环境项目——重点耗能行业能效水平对标管理项目”研究成果和实践案例编写完成，主要介绍了能源对标管理的概念、国内外应用和实施方法，水泥、钢铁、有色金属和氯碱行业能效对标指南，以及开展能效对标管理的障碍，并提出了相关政策建议。同时，对能效对标管理BMT工具及其在钢铁、建材、化工等9个重点耗能行业的应用案例也进行了详细介绍。

本书可供能源管理、企业绩效管理、环境咨询等相关领域的政府部门和企业的工程技术人员参考阅读。

图书在版编目(CIP)数据

工业能效水平对标管理工具与实践／郭日生，彭斯震主编．—北京：科学出版社，2011

ISBN 978-7-03-032258-6

Ⅰ．工…　Ⅱ．①郭…②彭…　Ⅲ．工业企业-节能-标准化管理　Ⅳ．F403.6

中国版本图书馆CIP数据核字(2011)第178626号

责任编辑：李　敏　张　菊　王　倩　刘　超／责任校对：宋玲玲
责任印制：钱玉芬／封面设计：无极书装

科学出版社 出版
北京东黄城根北街16号
邮政编码：100717
http://www.sciencep.com
双青印刷厂 印刷
科学出版社发行　各地新华书店经销
*
2011年9月第　一　版　　开本：787×1092　1/16
2011年9月第一次印刷　　印张：13　插页：2
印数：1—2 000　　字数：358 000

定价：48.00元

（如有印装质量问题，我社负责调换）

《工业能效水平对标管理工具与实践》

编辑委员会

主　　编　郭日生　彭斯震

副 主 编　霍　竹　秦　媛

编写人员（以拼音或字母顺序为序）

常　影　陈文明　陈异晖　段晓菁

关丹丹　郭日生　何　燕　霍　竹

彭斯震　秦　媛　唐艳芬　王　莹

谢　茜　忻呜一　张　鹏　朱益丹

Gerhard WEIHS

前 言

对标管理是一种博采众长的管理模式，是支持企业不断改进和获得竞争优势的管理方式。能效水平对标管理是在节能领域运用“标杆管理”原理进行的管理实践，是日本和欧美的许多国家在工业领域长期应用的一个管理手段，也是国际社会推动能效提高的通常做法。多年的实践证明，有规律地应用对标管理工具指导企业的生产具有很好的节能效果。特别对于高耗能企业来说，在绩效管理中抓住能效对标管理就抓住了提升企业绩效的核心。

在中国，工业能耗占全国总能耗的70%左右，而重点耗能行业又是工业能源消耗的主体。自2007年开始，在国家层面上，政府相关部门开展了全国重点耗能企业能效水平对标活动，支持了钢铁行业、水泥行业、化工行业、有色金属行业、电力行业等行业能效水平对标指南的编制工作，开展了重点耗能行业的能效对标企业试点工作；在省级层面上，大多数省（自治区、直辖市）纷纷出台了相关政策，以促进和推动地方工业能效水平对标管理工作。

然而，中国重点耗能行业的能效对标管理水平与世界先进国家相比还有不小差距。为加强中国工业能效水平对标管理的工具开发和利用，中国21世纪议程管理中心与奥地利环境培训与国际咨询中心（CAI）、北京市节能环保中心于2008年合作实施了“中欧能源环境项目——重点耗能行业能效水平对标管理项目”（EuropeAid/123870/D/SER/CN）。该项目的主要目标是在中国重点耗能行业推广对标工具，从而促进能源可持续使用，提高能源效率。一方面，在有代表性的重点耗能企业实施试点示范项目，并开发出行之有效的对标管理工具包；另一方面，通过培训、宣传和推广、政策研讨会等活动，在重点耗能行业推广并加以完善。

在欧盟专家和中方专家的指导下，该项目组开发出了一套能效对标管理的工具——BMT（Benchmarking，Monitoring，Targeting）方法学，用以指导企业内相关人员和咨询顾问共同协助企业现场应用能效对标管理工具，并在钢铁、化工、建材、有色和纺织 5 个行业开展了 BMT 方法学的试点研究，验证 BMT 的有效性和适用性；同时在北京、河南、山西、内蒙古、宁夏、辽宁等省（自治区、直辖市）的 9 个重点耗能行业开展了 BMT 方法学的示范推广，扩大此方法学的行业应用范围，取得了良好的效果。

为了让更多的地区和企业分享这些实践经验，中国 21 世纪议程管理中心将 BMT 方法学、试点示范企业的案例进行了总结，希望从实践层面上，支撑企业能效对标管理工作的开展。

本书分为 8 章，主要介绍了工业能效水平对标管理的概念、实施方法、国内外运用情况和行业能效对标指南，重点介绍了能效对标管理的工具，特别是 BMT 方法学在钢铁、建材、化工等重点耗能行业中的应用案例，具有较强的参考价值和实用价值。

本书的编写得到了奥地利环境培训与国际咨询中心、北京正丰易科环保技术研究中心、北京节能环保中心和云南省环境科学研究院的支持和协助，在此一并表示感谢。

书中不足和疏漏之处在所难免，欢迎读者批评指正。

编委会

2011 年 7 月

目　录 CONTENTS

第 1 章 Chapter 1

对标管理概述

1.1 对标管理定义

对标管理（benchmarking），又称标杆管理，可将其概括为“将产品、服务和实践与最强大的竞争对手或是行业领导者相比较的持续流程”。它是一个不断寻找和研究一流公司的最佳实践，以此为基础与本企业进行比较、分析、判断，从而使本企业得到不断改进，进入赶超一流公司、创造优秀业绩的良性循环过程。

1.2 对标管理起源

对标管理属于管理范畴，起源于20世纪70年代末80年代初美国公司学习日本公司的运动中。首开对标管理先河的是美国施乐公司，该管理方式经过了美国生产力与质量中心的系统化和规范化。历经30年，对标管理已经成为现代企业管理活动中支持企业不断改进和获得竞争优势的最重要的管理方式之一。世界500强企业中已有近90%的企业应用了对标管理。据美国麻省理工学院及美国生产率与质量中心研究表明，标杆管理可以帮助企业节省30%~40%的开支，或者产生5倍以上的投资收益。

对标管理的关键在于选择与确定被学习和借鉴的对象及主题。它要求的是在管理实践方面“优中选优”，达到最优模式和最优标准，也就是盯住世界水平，只有这样才能把企业发展的压力和动力，传递到企业中每一层级的管理人员和员工身上，从而提高企业的整体凝聚力和竞争力。

对标管理是一种强有力的工具，为企业提供了人员、设备、服务及流程方面能够达到的客观的、有效的衡量指标，提供了既有挑战性又切实可行的经营目标及实现的方式方法，增强了企业实现目标的信心。

1.3 对标管理的基本构成

对标管理由最佳实践和度量标准构成的。最佳实践是指竞争对手或行业中的领先企业在生产、经营等活动中所推行的最有效的措施和方法。度量标准是指能真实、客观地反映生产、经营等活动绩效的一套指标体系及与之相应的、作为标杆的一套基础数据，用数字查评、用数字证明，使之直观、简明、高效。

企业能效对标管理涉及两个基本要素：最佳节能实践和能效度量标准。最佳节能实践是指国际、国内同行业节能先进企业在能源管理中所推行的最有效的节能管理和技术措施；能效度量标准则指能真实、客观地反映企业能源管理绩效的一套能效指标体系以及与之相应的作为标杆用的一套基准数据，如单位产品综合能耗指标、重点工序能耗指标等。

1.4 对标管理的类型

1.4.1 内部对标

内部对标的标杆是企业的设计值、历史最好水平、其他部门的最佳业绩。内部对标是各种对标管理活动的起点，是企业进行其他方式对标之前应该完成的工作。其优点是内部标杆信息和资料容易获得，缺点是视野狭隘，很难为企业带来创新性的突破。

1.4.2 竞争性对标

竞争性对标的标杆是直接竞争对手。美国企业大多采用该类型，其优点是直接竞争对手的最佳流程容易转化为本企业的流程，而缺点是相关信息收集困难。

1.4.3 行业对标

行业对标的标杆是行业中的最好企业。当企业认为与同行业中相关但非直接的竞争对手进行对标可以获得某些信息时，通常采用此类型。目前我国电力等部门采用该类型。

1.4.4 一般性对标

一般性对标的标杆是不相干的企业的某个程序的最佳业绩。例如锅炉房、空压站、氧气站等。其优点是可以帮助企业激发具有创意的经营思路和突破性的思维方式，缺点是标杆信息和资料不易获得，必须投入较多的资源来进行初级资料的收集或购买。

1.5 对标管理的方法

对标管理依据不同标准可分为：战略对标管理和营运对标管理，

以及静态对标和动态对标。

战略对标管理是通过收集竞争者的财务、市场状况，进行分析比较，寻求绩优公司成功的战略和优胜竞争模式，为企业寻找最佳战略，进行战略转变。营运对标管理是通过对环节、成本、差异三方面进行分析比较，寻求最佳运作方法，改善本企业的运营。

静态对标的标杆是静态的，例如，能耗限额等。动态对标的标杆是动态的，是一些实时性、动态的企业活动和行为。

1.6 对标管理的作用

对标管理的作用是追求卓越、流程再造、持续改善、创造优势。传统的竞争强调的是服务和产品的优势比较，而对标管理则侧重分析制造产品和提高服务的流程。对标管理不是一个短期活动，也不是一次就完成的活动，而是一个持续的过程。

第 2 章
Chapter 2

能效对标管理国内外应用综述

2.1 能效对标管理国外应用简述

能效对标管理是运用“标杆管理”原理进行的在节能领域的管理实践，是企业对标管理的一个重要方面。能效对标管理是指企业为提高能效，与国际、国内同行业先进企业能效指标进行对比分析，确定标杆，通过管理和技术措施，达到标杆能效或更高能效的实践活动。开展能效对标活动是国际社会推动能效提高的通常做法，特别对于高耗能企业来说，因为其能耗往往占企业生产成本的50%以上，所以抓住能效对标管理也就抓住了企业绩效的核心。

美国、加拿大、日本和一些欧洲国家均开展了能效对标管理，都取得了很好的节能效果。美国环境保护局和美国能源部共同推广实施的“能源之星”标准中提出了水泥、汽车制造等工业行业的能效标杆，以便企业对比、评估其能效。美国“能源之星”认证得到了美国政府的大力支持。例如，美国政府明确要求政府必须采购“能源之星”认证的产品，并以法律形式要求联邦及各州对“能源之星”认证的产品进行补贴，刺激消费者购买节能产品。加拿大的能效办公室为造纸、钢铁、水泥等工业行业制订了能效标杆以及对标指南。荷兰“能效对标盟约”（Energy Efficiency Benchmarking Covenant）要求企业承诺最晚到2012年成为世界能效领先者。挪威的“工业能效网络”（Industrial Energy Efficiency Network, IEEN）是一项支持政府节能目标的项目，它为企业提供技术和资金支持、承担企业能源管理活动、评估企业的节能潜力，包括对标活动。IEEN开发了一套网络对标系统，每年网上企业会员通过网络提供成果数据。参加该网络的会员包括铝业、面包店、啤酒酿造业、渔业、肉制品厂、乳制品业、铸造业、纸业、木材制造业、洗衣店等。欧洲委员会在自愿协议中的企业能效对标活动中开发了一个自动的计算机系统，企业可以通过系统与“最好的部门”进行能效对比，涉及的企业包括啤酒酿造业、乳制品业、面包店等。

2.2 能效对标管理国内开展情况

2.2.1 中国开展能效对标的相关法规政策

节能是国家发展基本国策战略，也是新的社会文明；节能是新的经济发展理论，也是新的经济增长方式。能效对标工作是国家发展和改革委员会十大重点节能工作之一；能效对标管理是推动企业管理变革、提高企业竞争能力的有效手段。《中华人民共和国国民经济和社会发展第十一个五年规划纲要》中提出：“十一五”期间，全国单位GDP能源消耗指标从2005年的1.22tce/万元下降到2010年的0.98tce/万元，降幅20%左右。为了完成20%的节能目标，国务院、国家发展和改革委员会出台了一系列的文件，第一个文件就是《国务院关于加强节能工作的决定》（国发〔2006〕28号），它对“十一五”节能工作做了全面的战略部署，明确提出要着力抓好重点领域的节能，首先强调工业节能。

2007年6月，国务院发布了《国务院关于印发节能减排综合性工作方案的通知》（国发〔2007〕15号），其中明确要求：强化重点企业节能管理，今年启动重点企业与国际、国内同行业能耗先进水平对标活动，推动企业加大结构调整和技术改造力度，提高节能管理水平。

2007年9月，国家发展和改革委员会发布了《关于印发重点耗能企业能效对标活动实施方案的通知》（发改环资〔2007〕2429号）及《重点耗能企业能效水平对标活动实施方案》，其中明确指出："通过开展能耗水平对标活动，重点耗能企业主要产品单位能耗、重点工序能耗大幅度下降，部分企业能耗大幅度下降，部分企业能耗水平达到同行业国际先进水平或国内领先水平，行业能效整体水平大幅度提高。"

2007年10月28日，十届全国人大常委会审议并通过修订了《中华人民共和国节约能源法》。新修订的《中华人民共和国节约能源法》扩大了调整范围，设专节规定了工业节能、建筑节能、交通运输节能、公共机构节能和重点用能单位节能，健全了节能标准体系和监管制度，设专章规定了激励措施。

2008年6月，国家标准化管理委员会制订了46项国家标准，包括22项高耗能产品单位产品能耗限额标准，5项交通工具燃料经济性标准，11项终端用能产品能源效率标准，8项能源计量、能耗计算、经济运行等节能基础标准。其中新制订国家标准37项，修订国家标准9项、强制性国家标准36项。这些标准将为推广节能减排技术和规范市场秩序提供技术支撑，同时也为开展能效对标活动提供对标与标杆选择的依据。

2.2.2 中国开展能效对标的意义

（1）开展能效对标活动是实现"十一五"节能目标的要求

工业是中国能源消费的主体，工业能耗占全国总能耗的70%左右。重点耗能行业中的高耗能企业又是工业能源消费的大户，据统计，钢铁、有色金属、电力、石油石化、化工、建材等9大高耗能行业中的千家企业，占全国总能耗的1/3左右，占工业总能耗量近一半。据测算，要实现"十一五"节能目标（即到2010年单位GDP能耗要比2005年降低20%左右），"十一五"期间千家耗能企业要实现节能1亿tce。为此，2006年，国家发展和改革委员会会同有关部门开展了千家企业节能行动，并于2007年启动了重点耗能企业与国际、国内同行业能效先进水平对标活动。对于重点耗能企业，深入开展能效对标活动，查找企业节能管理和技术方面的问题和不足，加强节能管理，实施技术改造，加强能力建设，对于提高企业能效、实现"十一五"节能目标具有重要的意义和作用。

（2）开展能效对标活动是挖掘企业节能潜力、提高企业能效的重要方法

通过开展能效对标活动，可以全面了解企业生产和能源使用情况，科学合理地分解、落实企业节能目标责任；可以使高耗能企业正确认识与能效先进企业的差距，明确企业节能的现实潜力、努力方向和工作重点；可以使企业间加强节能交流和合作，促进节能信息和资源共享，建立科学有效的能源管理体系；可以帮助企业制订切实可行的能效改进工作方案，推动企业能源管理水平和能效指标的持续改善和提高。所以说，开展企业能效对标活动是提高企业能效的重要手段。

（3）开展能效对标活动是国际社会推动能效提高的通常做法

对标管理是一种博采众长的管理模式，而能效对标管理是企业对

标管理的一个重要方面，特别对于高耗能企业来说，在对标绩效管理中抓住了能效对标管理就抓住了提升企业绩效的核心。能效对标是欧美许多国家工业领域中长期应用的一种管理手段，并且通过多年的应用经验证明，能效对标是行业节能的一种合适的工具。现在能效对标已被有规律地应用于加拿大、日本和其他一些欧洲国家，用于指导企业的生产和能源节约目标的设置。中国工业企业能效和国际先进水平相比还有不小差距，企业间能效也参差不齐。通过能效对标，学习国际与国内优秀企业的节能管理和技术，已经成为国内企业不断改进和获得竞争优势的重要管理方法。

2.2.3 中国能效对标进展

（1）国家层面

国家发展和改革委员会《重点耗能企业能效水平对标活动实施方案》的发布正式启动了全国重点耗能企业能效水平对标活动。在重点耗能企业开展能效水平对标活动，是通过对标找差，强化责任落实促进节能工作，把千家企业节能行动向纵深推进，也是能源审计活动的继续。此次活动涉及的重点耗能企业主要包括钢铁、有色金属、电力、石油石化、化工、建材、交通运输等行业中年耗能1万 tce及以上的能源消耗大户。为了实现活动目标，国家发展和改革委员会对重点耗能企业能效水平对标活动进行了相关部署，支持了一些行业能效水平对标指南的编制工作。目前国家已经制订、出台了四个行业的能效水平对标的指南，即水泥行业、钢铁行业、烧碱和有色金属行业，而其他行业的能效水平对标指南和对标方案还待进一步完善。上述行业性能效水平对标指南是企业开展能效水平对标活动的指导性文件，其介绍了相关的能效水平对标指标体系、指标改进途径和措施、实施步骤等，把企业如何开展能效水平对标和企业的能效管理工作进行了有机的结合。

另外，国家发展和改革委员会还积极开展重点耗能行业的能效水平对标试点工作，例如，在由国家发展和改革委员会、联合国开发计划署、全球环境基金共同启动的中国终端能源效率项目（EUEEP）中，设置了在钢铁、水泥和化工三个重点耗能行业开展能效水平对标的活动内容，并挑选了重点企业进行试点。如化工行业选择了昊华宇航化工有限责任公司、山东恒通化工股份有限公司、河北盛华化工有限公司三家烧碱企业作为试点单位。目前国内烧碱企业单位产品能耗较高。隔膜法烧碱单位产品平均能耗比国际先进水平指标高15%，离子法烧碱单位产品平均能耗比国际先进水平指标高8%，可见，进一步降低产品能耗的任务较重。烧碱企业集约化程度偏低，布局和调整企业规模，需要加大力度。烧碱行业能效水平对标试点工作的成功具有很大的示范意义。

（2）*省级层面*

当前，许多省（自治区、直辖市）企业按照国家相关文件的精神，积极开展节能对标活动。

2007年6月，云南省政府以“云政办发〔2007〕145号文件”下发了《云南省重点用能企业节能对标管理实施意见》等12个节能降耗文件，在全省年综合能耗5000tce及以上的重点企业开展节能对标管理活动，具体活动内容包括：①开展节能对标管理“领跑者”试点；②建立完善五大重点耗能行业主要工业产品单位能耗指标体系；③开展重点用能企业节能对标管理活动；④抓好主要用能设备能效对标管理；⑤开展终端用能设备和产品对标管理。

2008年年底以前，云南省节能办公室组织全省年综合能耗1万tce及以上的重点企业开展能效对标活动，省内各州、市节能主管部门配合、协调，共组织了四批能效对标活动启动会，450家（2008年统计数据）重点企业都不同程度地开展了该活动。

同时，云南省节能办公室还委托重点耗能行业协会和大集团编制了《云南省行业能效对标指南》，以指导全省企业开展能效对标活动。2009年5月，钢铁、电力、化工、建材等7个重点耗能行业15个主要耗能工业产品（粗钢、生铁、铁合金、焦炭、发电、合成氨、黄磷、烧碱、水泥、玻璃、铅、锌、铝、铜和锡）的能效对标指南已通过初审。

2007年8月，广西壮族自治区（以下简称广西）针对本自治区内工业企业能效低、发展不平衡等问题，在自治区层面上推行能效对标活动，在明确企业能效水平对标活动指导思想、清理企业能效水平对标活动工作思路、落实企业能效水平对标活动工作步骤、落实能效水平对标活动推进措施等方面做了大量的工作。广西于2007年初制订了开展企业能效对标活动的实施方案，并在冶金、有色、制糖、建材等行业选择了40户企业作为试点，分三批企业开展能效对标活动；同时还要求各市按照《关于开展全区工业重点行业企业对标活动的通知》（桂经资源〔2007〕97号）要求，切实做好能效对标试点行业企业的指导、协调和管理工作。广西能效对标活动一方面提高了企业的管理水平、产品的能效，另一方面推进了企业节能技改项目的实施，确保了节能目标的实现取得了很好的成效。广西在实施能效对标活动的过程中总结出四条经验，即对标活动必须要有所创新、对标活动的过程重于目标、对标的核心在于促进技术进步、对标活动的成果要积极巩固和拓展；同时也提出了四点建议，即要建立健全对标标杆体系、强化对标活动的重要性、加强宏观指导与培训、加大宣传和表彰力度。

2008 年，陕西省发展和改革委员会委托陕西省节能协会在全省 200 户重点耗能企业及相关单位开展能效水平对标活动，并在 13 个高耗能行业中选定 26 家用能标杆企业，其中 22 户进入了国家“千家企业节能行动”企业。

2009 年 2 月，为充分挖掘北京市重点耗能企业节能潜力，加快北京市节能减排工作由“以退促降”向“内涵促降”的根本性转变，尽快实现全市“十一五”工业节能 30% 的目标，北京市经济和信息化委员会会同相关政府部门在全市范围内开展重点耗能企业能效水效水平对标活动，并制订对标活动实施方案。此次活动的对象是全市范围内年耗能在 5000tce 以上的重点企业，率先在水泥、电力、饮料等三个行业开展。2009 年，全市在建材行业中选定有水泥生产许可证、且水泥年产量达到 20 万 t 以上的 10 家水泥企业开展首批北京市能效水效对标的试点工作。此次能效对标工作按照选定年度对标行业、搜集相关材料、制订对标行业指标体系、召开启动会、培训与指导、确定对标行业指标范围或数值、现场实践等工作步骤开展。通过大量实地调研，与企业代表沟通、座谈，与专家一起研究论证，开展企业试点，总结并编制企业开展能效水效对标活动的实施指南，指导企业积极、自主、持续开展能效水效对标活动，促进企业节能目标的实现。

按照国家工业和信息化部《关于印发〈2010 年工业节能与综合利用工作要点〉的通知》（工信厅节函〔2010〕188 号）的有关精神，北京市在进一步深入推进能效对标达标，促进工业节能降耗。

(3) 行业层面

钢铁行业早于1999年就正式发文在全行业开始实施能效对标活动，其第一次能效对标挖潜现场会于1999年8月在唐山钢铁集团有限责任公司召开。钢铁企业能效对标挖潜活动的重点有三个：一是铁前工序，以高炉为中心，包括烧结、原燃料、辅料和高炉生产过程的节能降耗和回收利用；二是十种主要产品，如烧结矿、炼钢生铁、连铸坯等创十佳列出的十种主要产品；三是一次性资源和能源的节约和回收利用。

从1999年以后钢铁行业对能效对标挖潜工作坚持不懈做到了年年有进步、年年有发展，使能效对标指标体系不断得到完善，且参加单位不断扩展。2006年9月15日，钢铁行业组织召开了14家500万t以上钢铁企业能源处长参加的“能源指标座谈会”。会上各企业代表对当前钢铁企业能耗指标统计存在的问题进行了分析，对能源指标完善方面存在的问题进行了讨论并提出了建议。2007年，中国钢铁工业协会、钢铁研究总院共同承担了中国终端能效项目之“钢铁行业节能协议活动的组织和协调”子项目。为搞好钢铁行业节能协议暨能效对标活动，该项目组选择三家企业（即太原钢铁集团有限公司、鞍山钢铁集团公司、唐山钢铁股份有限公司）开展了能效对标试点活动，并编制了《钢铁行业能效对标指南》。该活动的开展对钢铁企业的能效对标活动起到了很大的促进作用。

目前，中国钢铁行业主要产品的单位能耗平均比国际先进水平的标准高40%，钢的单位产品综合能耗比国际先进水平的标准高21%。全国整体的钢铁行业技术水平已经与国际水平差距不大，少数企业甚至已经达到国际先进水平。例如，宝钢集团有限公司已经提前14年实现了中国钢铁工业2020年的节能降耗目标。

水泥行业把能耗对标作为行业的自觉行动。在国家发展和改革委员会的组织下，中国水泥协会于2007年11月启动了水泥行业能效水平对标活动，活动的实质内容是组织水泥企业进行能效对标，编制水泥企业能效对标指南及对标参数。通过组织试点企业的能效对标活动，推动全行业的能效对标工作。2008年7月，由中国水泥协会和天津水泥工业设计研究院有限公司共同编制的《水泥企业能效对标实施指南》已通过国家发展和改革委员会审核，并作为水泥行业开展能效对标活动的一个指导性文件进行了发布。同时，各试点企业通过积极开展能效对标活动，收到了很好的效果，积累了一定的经验。

另外，为了有效推动企业能效对标活动的顺利实施，为相关企业提供可用的对标工具，美国能源部劳伦斯伯克利国家实验室在能源基金会、美国陶氏化学品公司和美国环境保护局的资助下，开发了水泥对标工具（Benchmarking and Energy Savings Tool for Cement），用于支持中国水泥企业能效对标活动的具体实施。

中国化工节能技术协会为了贯彻国务院关于印发《节能减排综合性方案的通知》精神，于2007年底承担了石油和化学工业的能效水平对标试点工作，并选择了烧碱工业开展试点。为了保证项目的顺利开展，中国化工节能技术协会成立了项目专家工作组、收集了有关能效水平对标的资料、组织专家编写了《烧碱企业能效水平对标指南》。该指南主要是确定了烧碱能效对标体系和能效指标的制订方法，烧碱能效对标指标体系主要就是综合能效和主要工序能耗。烧碱能效对标的指标分为国际先进水平、国内先进水平、国内平均先进水平、国内限额水平。在此基础上，中国化工节能技术协会在国内选择了三家烧碱企业开展能效水平对标试点工作。

中国有色金属工业协会按照国家有关要求，加强能效对标工作研究，于2008年制订了《有色金属行业重点用能企业能效对标方案》，编写了《有色金属工业重点用能企业能效对标活动指南》，积极指导本行业重点用能企业开展能效对标活动，并成立了有色金属工业重点耗能企业能效对标专家小组。对标工作率先在铜、铝、铅、锌四个领域展开。中国有色金属工业重点耗能企业能效水平对标活动主要内容包括：

1）制订对标指标体系和统计口径，确定标杆值选取原则；

2）建立有色金属行业重点耗能企业能效水平对标指标数据库、最佳节能实践库；

3）国内外先进工艺技术水平、装备规模、能效水平等信息，并及时充实和更新对标信息数据库；

4）督促企业按要求提交指标数据、指标分析报告和最佳节能实践等信息，及时向企业提供对标活动信息服务，指导和帮助企业选取标杆企业；

5）定期分析和汇总本行业内企业能效水平对标活动情况，发布最佳节能实践等信息，组织开展与国内外同行业能效先进企业的对标交流，组织专家审核企业提交的指标数据、分析报告；

6）向国家发展和改革委员会提供有色金属行业开展能效水平对标活动的相关资料，向省（自治区、直辖市）节能主管部门定期提供其所属地有色金属企业的对标相关资料。

中国电力企业联合会为贯彻《国务院关于印发节能减排综合性工作方案的通知》精神，落实《国家发展改革委关于印发重点耗能企业能效对标活动实施方案的通知》（发改资环〔2007〕2429号）要求，于2007年积极组织开展电力行业火电厂能效对标活动，以促进电力企业能效对标活动的开展，充分挖掘火电厂节能潜力，提高火电厂能源利用效率。2008 年 10 月 23 日，中国电力企业联合会在北京组织召开了火电企业能效对标工作指导小组会议，发布了《全国 60 万千瓦级火电机组能效对标结果（2008 年）》、《火电企业能效对标活动工作方案》、《全国火电行业 600MW 等级机组能效对标技术方案（试行）》以及《全国火电大机组（600MW 级）技术报告（2008）》，并征求了意见。

（4）企业层面

国内若干大公司也纷纷开展了能效对标活动，如中国海洋石油公司、中国华电集团公司、华泰集团、云南铝业股份有限公司等，均取得了很好的节能效果。

中国海洋石油公司 2001 年开始实施能效对标管理，将主要能效对标对象（标杆）锁定在世界著名的挪威石油公司，这是国内大型国企首次与海外企业合作进行大规模的能效对标管理。通过能效对标分析，中国海洋石油总公司从领导层到普通员工都认识到自身水平与世界先进企业水平之间的差距，在思想观念上发生了转变，并在制度、管理和科研等方面进行了深入探索和改革。

中国华电集团公司于 2004 年 5 月率先在电力系统开展能效对标管理，建立了发电生产和经营的指标体系，分别采集了集团内和行业内的标杆数据，制订了详细的实施细则，在所属发电厂全面开展能效对标管理，取得了良好的实施效果。

华泰集团始建于 1976 年，是集造纸、化工、印刷、热电、林业、物流、商贸服务于一体的全国 500 强企业，是世界最大的高档新闻纸生产基地。集团内部实行能效对标考核，实现同机型节能成效最大化。2006年以来，集团对内部新闻纸、文化纸等子公司，根据产品品种、机型，确定同机型节能减排历史最好指标作为内部学习标杆，全集团对比落实，找差距、找问题、拿措施，对比目标挖潜增效，共建立文化纸、新闻纸、生活纸、热力公司、供排水公司五大能效对标管理体系。设立专项奖励基金，每月由企管、审计、统计、财务、劳资等职能部门共同落实对标情况，每月召开一次集团能效对标奖惩总结大会，对超耗的部门落实处理，对节约的部门兑现奖励。2008年上半年，通过对标考核管理，共对两个生产子公司落实责任12万元，奖励五个子公司93万元，能效对标挖潜增效1600多万元。截至2008年9月，华泰集团通过继续调整产品结构、原料结构与加强内部能源管理及跟踪落实考核等措施，单位产品综合能耗同比下降了5.2%，提前超额完成2008年省政府下达的全年节能任务。

云南铝业股份有限公司为充分挖掘节能潜力，促进各项节能减排工作再上新台阶，认真贯彻落实《国务院关于节能减排综合性工作方案的通知》等一系列国家及云南省政府关于节能减排工作的指示精神，结合公司实际，于2008年深入开展了能效对标活动。活动以"到2010年末，完成'千家企业'下达节能目标，主要产品的单位产品综合能耗逐年降低，或继续保持国内同行业领先地位，万元产值能耗较2005年降低20%"为目标，按六个步骤逐步推进。公司在开展能效对标活动期间，不断加大节能投入，围绕节电、节水、节油、节煤等方面实施了一系列节能改造项目，并获得了明显的节能效益。例如，投资300万元开发、应用不停电停启槽技术，每台（槽）可节电20万kW·h，综合节电达800万kW·h以上。同时，公司以月度为周期对各生产单位能效对标活动成效进行统计、分析和评估，对指标改进措施、方案的科学性和有效性进行分析、评估，各生产单位分别上报对标指标数据及分析评估，将活动中行之有效的措施、手段和制度等进行总结，提出下一阶段能效对标整改方向。同时，公司职能主管部门及时做好检查、监督、服务和指导，推进能效对标活动深入持续地开展下去。2008 年 1 月至 7 月，公司铝锭综合电耗指标较 2007 年同期下降了 172kW·h/t Al。公司认为开展能效对标活动，是提高能源利用效率，降低产品能耗，赶超国内国际能耗先进水平，促进企业间比、学、赶、帮、超，落后变先进，先进更先进的一种有效的节能竞赛活动，对完成“十一五”节能目标和任务起到良好的推动和促进作用。

终端能源项目试点企业河南昊华宇航化工有限公司，其在烧碱能效对标活动中，投资近 450 万元，对新老系统合成炉进行余热利用改造。如将老系统普通铁皮炉改为“二合一”副产蒸汽合成炉，副产低压蒸汽用至盐水预热等；新系统水套式石墨合成炉改为组合式“三合一”副产蒸汽炉，副产低压蒸汽用于离子膜低碱蒸发、盐水预热、聚氯乙烯分厂等。这样，每年节约蒸汽约 88 000t，经济效益达 1100 万元。

第 3 章
Chapter 3

能效对标管理实施方法

3.1 能效对标实施条件

对标管理虽然具有较强的操作性和实践性，但任何管理工具都需要客观因素的良好配合才能成功实施。为了较好地开展对标管理，企业必须具备如下条件。

3.1.1 企业领导者的支持

能效对标管理活动要有充足的资源作为后盾，必须依靠企业领导者的全力支持。企业除了需要提供充足的资金预算及指派优秀的人员给予充分授权外，对初次进行能效对标管理活动的企业，还要给予充裕的时间。企业领导者作为能效对标管理的推动者，能够通过各种方式影响员工对能效对标管理的态度。企业能效对标管理的成功实施，要有开放求变的企业文化相配合，企业领导者的态度是营造企业文化的重要因素，能够以其在企业中的影响，形成一种不断学习的企业文化，为能效对标管理的顺利实行提供精神保证。

3.1.2 规范的能效对标管理流程

一套规范、系统的能效对标管理流程，可以帮助企业有效提升能源管理效率和节能绩效。能效对标管理是在实施过程中不断改进的一种能源管理模式，每一环节、流程都不能脱节，严守整个对标流程的规范性非常重要。当然，这并非是要求企业必须拘泥于死板的工作程序。企业应注意能效对标管理流程中各阶段的细节，完成每个步骤，不能走捷径，在进入下一个步骤之前务必要先审慎地确认是否已经完成了这个阶段所有应该完成的任务，然后才能顺利进入下个阶段。

能效对标管理只有在持续性的体系下才能提供更多有价值的信息，因此应该不断地进行能效对标管理流程的循环，持续改进提高，不断地积累能效对标管理活动的经验，记录每次活动的优缺点，并反馈到下一次的管理流程。可将每次活动的内容摘要记录成计算机文件，建立企业能效对标管理数据库，累积足够的实施经验后，不但实行起来会变得轻松，能源管理绩效的改善也会越来越好，达到事半功倍的效果。

3.1.3 企业员工主动参与

能效对标管理不仅是企业管理层的事情，更是企业全体员工的事情。企业员工往往最先发现企业各个能源管理流程所存在的问题，如果在问题较小时就通过能效对标管理加以解决，企业将获得时间上的主动权，有利于能源管理上的优势和先进性。企业领导可以授权给员工，鼓励员工能针对企业内能源管理需要改善的地方来主动发起能效对标管理项目，如果完成能效对标项目，客观的、量化的能效指标有明显提升，则应对相关人员进行奖励，以激励员工继续发挥其节能主动性。

3.1.4 创新精神

如果企业以竞争对手为能效对标的杠杆，但没有赶超竞争对手的意识，把竞争对手的各项能源管理措施简单地全部复制过来，而不是因地制宜地进行改进，这不仅难以获得能源管理上的优势，还将失去企业自己独特的个性价值。因为企业在推行能效对标管理活动的同时，能效对标标杆也在前进。若想获得自身在能源管理上的优势和先进性，企业必须具有创新精神，不能全盘照搬竞争对手的做法，自身要有创新改进，以高于能效对标对象的速度发展，才能在能源管理水平、能效指标水平上超越能效对标标杆。

3.1.5 良好的信息交流渠道

企业可以通过在内部的通讯刊物上宣传报道等方式，将能效对标管理活动运作过程传达到全体员工，这有助于将这项工作推广到整个企业，使能效对标管理活动转化为全体员工关注的焦点，而不是仅仅少数实际参与计划员工的责任。

在外部沟通方面，能效对标标杆配合的意愿是整个能效对标管理活动的一个关键。想要获得对方的协助，除了本身态度外，应尽可能地给予对方反馈。例如，主动提供本身进行内部能效对标管理活动的资源供对方参考，将所获得的信息提供一份摘要给对方，甚至可以邀请对方参观自己值得学习的能源管理工作流程，强调双方互惠的诚意，才能获得对方真挚的帮助。

3.2 能效对标实施内容

企业能效对标管理实施的主要内容：确定一个目标、建立两个数据库、建设三个体系。

确定一个目标：基于企业实际情况，合理选择对标主题，并确定适当的能效对标指标改进目标值。

建立两个数据库：在建立企业能效对标指标体系的基础上，建立企业能效对标指标数据库；同时建立企业最佳节能实践库。

建立三个体系：建设能效对标指标体系、能效对标管理综合评价体系、能效对标工作组织管理体系。

3.2.1 企业能效对标指标体系

企业应建立科学合理的能效对标指标体系，为开展能效对标管理提供真实客观地反映企业能源管理绩效的度量标准。这一指标体系应该能够系统地、定量地反映所要瞄准的能效对标内容。企业能效对标指标体系内容可包括基本信息和评价指标。基本信息用于反映企业规模、主要设备状况等，作为节能对标比较和企业能效投入、能源管理提升的参考。评价指标应突出对节能绩效的要求，可包括反映企业能源利用效率和能源管理水平的一组评价指标，并按指标之间的因果关系形成不同层级的树状指标体系。可能的评价指标包括：单位产值能耗、单位产品能耗、重点工序能耗、资源综合利用率、能源加工/转换/使用设备运行效率等。

具体确定企业能效对标指标，应考虑以下基本原则：一是全面性，指标体系可全面评价企业能源管理状况；二是独立性，即各指标之间应互相独立；三是熟悉度，指标应为行业、员工所熟悉，便于对比计算；四是代表性，尽量用最少的指标反映能源管理重大的方面；五是过程性，指标体系的建立不仅是一个结果，更是一个过程。

企业在能效对标管理工作实践中，可根据自身特点和能源管理的实际需要，基于上述原则，适当选择一组能效评价指标，建立本企业能效对标指标体系。随着企业能效对标管理工作的逐步深入开展，企业可根据不同阶段能效对标工作重点和对标成果，对能效对标指标体系进行动态调整和完善，逐步扩展对标范围，新增其他指标，使能效对标工作逐步覆盖企业各部门和各用能环节。

3.2.2 企业能效对标指标数据库

企业应在建立能效对标指标体系的基础上，建立企业能效对标指标数据库，积累覆盖企业各部门和各用能环节的能效指标数据，为客观评价企业能源管理绩效、树立各类能效标杆提供条件。

能效对标指标数据是企业开展能效对标管理工作的基础，即能效瞄准内容的精确化和定量化。企业节能对标指标数据基本上可分为两类：一类是能效标杆企业的能源管理绩效数据，这些数据是能效瞄准的基准线，是开展能效瞄准活动的企业学习和追求的目标；另一类数据是来自开展能效对标活动的企业，反映该企业的能源管理绩效现状。

由于对标管理的类型和目的不同，作为基准线的能效指标数据可以来自单个的标杆企业或部门，也可以来自行业、全国乃至全球的某些样本，这几类数据反映了样本范围内的能效平均水平。

企业应指定专门部门统一负责能效指标数据库的建立和维护，保证能效指标数据的唯一性和真实性。

3.2.3 企业最佳节能实践库

企业可通过建立能效对标指标体系，全面开展能效对标管理，不断积累完善覆盖各部门和各用能环节的能效指标数据，形成较为完善的能效对标指标数据库，为客观评价企业能源管理绩效、树立各类能效标杆提供条件。在总结企业能源管理案例经验和标杆经验基础上，提炼能源管理最佳实践，建立企业最佳节能实践库。最佳节能实践库内容包括：标杆企业最佳节能实践，即标杆企业达到优良能源管理绩效的方法、措施和管理技巧；本企业规范地总结、提炼的最佳节能实践，包括能源管理典型经验。随着时间的推移，最佳节能实践库的内容应不断评估和更新，保持最佳节能实践的先进性和实效性。

3.2.4　企业能效对标管理综合评价体系

企业应建立能效对标管理综合评价体系，组织进行本企业能效对标管理工作的分析评价。企业能效对标管理综合评价体系建设，需要运用标杆管理理论和统计学方法，依据企业生产和能耗的实际情况和特点，本着突出能效指标的工作重点、难点及区分指标可比性的原则，确定不同指标在评价中的权重，并按从叶到根的顺序对对标指标数据进行分析，使企业相关部门明确差距、确立标杆，从管理手段、管理方法、技术标准等方面查找产生能效数据差距的原因，并制订有效措施加以改进。

按照指标与管理兼备的原则，企业能效对标管理综合评价体系应包括两方面：指标评估和管理评价。指标评估包括单项指标评估和综合指标评估。管理评价包括对企业能效对标管理中的标准制度、管理手段和管理方法的综合评价。管理评价应遵循全面、规范、动态的原则。

3.2.5 企业能效对标管理工作制度

企业能效对标管理工作制度建设，是企业能效对标组织管理体系建设的突出内容。企业应按照能效对标管理工作的实施内容和实施步骤，建立规范、系统、有效的能效对标管理工作制度，包括过程控制制度、经验交流制度、对标评估制度、信息发布制度和信息报送制度等五项工作制度，将能效对标管理工作制度化、程序化，完善涉及企业能源管理的过程控制手段和方法，使能效对标工作科学有效、协调有序、互动闭环地运转，全面搭建企业能效对标管理工作平台。

（1）建立过程控制制度

过程控制应包括目标保证、过程控制和监督评价三方面措施。企业能效对标协调机构应负责能效对标指标的过程控制管理，制订能效对标规划和阶段性目标，建立完善的对标管理规章制度，及时提出阶段性的能效控制和改进要求，促使相关能效对标责任部门及时制订并实施相关措施，强化能效对标管理。

（2）建立经验交流制度

企业应建立经验交流制度，提供学习交流的方法和渠道，推广先进能源管理经验和对标成果；结合企业实际，制订能效对标学习交流计划，组织学习标杆单位能源管理典型经验。

企业可组织与国内外同行先进企业或同类型企业开展相互间的能效对标交流，定期组织能效对标工作经验交流会。交流的渠道和方式可包括：会议交流、现场交流、网上交流、书面交流等。交流的范围应包括：企业内部交流、国内同行业交流、国内跨行业交流、国际同行业交流等。

企业至少每季度召开一次能效对标工作例会，企业能效对标协调机构和相关对标责任部门参加，通报各部门能效对标工作进展情况和指标完成情况，安排布置重点工作，加强监督检查，确保能效对标沿着正确的方向发展。

（3）建立能效对标评估制度

企业应建立能效对标评估制度，健全相关制度体系和标准体系，完善组织措施和保证措施，评估能效对标规划及阶段性目标的先进性和可行性。企业能效对标协调机构负责本企业能效对标管理工作机制的建设和内部评估，并及时完善和改进。

（4）建立信息发布制度

企业应建立信息发布制度，定期发布能效对标指标、工作简报以及最佳节能实践等信息，提高对标信息透明度和实施性，增强对标激励作用，保证先进经验交流推广，为管理决策提供参考，保证能效对标工作顺利进行。

信息发布内容主要包括：各类指标数据与分析结果、标杆单位能源管理经验、对标工作简报、对标工作其他相关信息等。信息发布方式可包括：对标管理信息系统，实现企业能效对标指标数据及时准确采集、汇总、报送和发布；各类工作会议、电视电话会议、研讨会；各类文件、通报、简报、专刊、动态等。可统一规定向企业外部发布信息，包括向能效对标伙伴等发布的各类信息，防止机密信息外泄。企业能效对标文件资料、指标数据及评价报告等均为企业内部资料，企业各部门应严格遵守国家和企业的保密制度，不得擅自外传或对外发布，不得向社会和咨询机构提供，网站管理应设置权限保密措施。

（5）建立信息报送制度

信息报送内容及时限：按对标工作周期报送各类指标数据；按年度报送能效对标综合性分析报告；能效对标工作简报每季度至少一次，能效对标工作总结按年度报送；能效对标典型经验和标杆单位经验报告按要求报送；及时报送对标工作及其他相关信息。

企业相关对标责任部门按时间要求及规定格式向企业能效对标工作办公室报送指标数据及书面报表。企业应按要求向政府节能主管部门报送能效对标数据，按季度、年度报送指标分析报告。指标分析报告的具体填报要求由政府节能主管部门专题部署。企业报送的对标数据应保证准确性、实时性和唯一性。企业负责人对指标数据的真实性负责，对标指标数据必须经企业负责人签字后方可向政府节能主管部门报送。

3.3 能效对标实施步骤

企业能效对标管理是一项通过基本工作步骤来追求卓越的能源管理绩效并持续不断学习的过程，非常正式并具有完整的工作框架，通过既定的工作步骤或是流程模型来引导对标工作的施行。企业能效对标管理可以有多种不同的工作流程模型，但他们的精神和原则是一致的。企业能效对标管理大致上可分为分析现状、选定标杆、制订方案、对标实践、对标评估和改进提高六个步骤。

1）分析现状：企业首先要对自身能源利用状况进行深入分析，充分掌握本企业各类能效指标客观、翔实的基本情况；在此基础上结合企业能源审计报告、企业中长期发展计划，确定能效对标内容。

2）选定标杆：企业根据确定的能效水平对标活动内容，在行业协会的指导与帮助下，初步选取若干个潜在标杆企业；组织人员对潜在标杆企业进行研究分析，并结合企业自身实际，选定标杆企业。企业选择标杆要坚持国内外一流为导向，最终达到国内领先或国际先进水平。

3）制订方案：通过与标杆企业开展交流，或通过行业协会、互联网等收集有关资料，总结标杆企业在能效指标上先进的管理方法、措施手段及最佳节能实践；结合自身实际全面比较分析，真正认清标杆企业产生优秀能源管理绩效的过程，合理确定能效指标改进目标值，制订切实可行的指标改进方案和实施进度计划。

4）对标实践：企业根据确定的能效指标改进目标、改进方案和实施进度计划，将改进指标的措施和指标目标值分解落实到相关部门、车间、班组和个人，把提高能效的压力和动力传递到企业中每一层级的管理人员和员工身上，体现对标活动的全过程性和全面性。在能效对标实践过程中，企业要修订完善规章制度，优化人力资源，强化能源计量器具配备、加强用能设备监测和管理，落实节能技术改造措施。

5）对标评估：企业就某一阶段能效水平对标活动成效进行评估，对指标改进措施和方案的科学性和有效性进行分析，撰写对标指标评估分析报告。

6）改进提高：企业将能效对标实践过程中形成的行之有效的措施、手段和制度等进行总结，制订下一阶段能效水平对标活动计划，调整能效标杆，进行更高层面的对标，将能效对标活动深入持续地开展下去。

3.3.1 分析现状，明确能效对标内容

能效对标管理的第一步是通过分析现状，梳理企业生产、能耗和能源管理状况，分析存在的问题，确定能效对标内容和对标方向。企业要从改进和提高能源管理绩效的角度出发，看清楚本企业能源投入产出情况，并将具体内容进行分解，以便于进行诸如能源成本、重点用能环节等问题的分析，进行量化和检查。确定能效对标内容，可以采用因果分析法，将企业能源管理面临的问题整理成内容明确的文件，进而找出问题的可能原因，由此构成了能效对标的具体内容。这一步骤的关键是能够时刻地理解并正确地把握影响企业能源管理绩效的问题和症结所在。

能效对标管理的目标就是对每一个能源管理环节进行最优化的定位，通过学习能效先进企业在能源管理上的优势，对企业现有的能源管理环节进行标杆定位，比较其优点和不足，从而确定需要实施能效对标管理的环节，企业实施能效对标管理的过程中，首先要坚持系统化的思想，着眼于总体能效最优，而不是某个局部的能效优化。其次要制订有效的实施准则，以便循序渐进，避免盲目性。最后必须找出企业自身能源管理环节中的缺陷，并确定突破口。

企业可以通过分解法、访谈法、问卷调查法和头脑风暴法等多种方法摸清企业能源管理环节。分解法就是将能源管理分解成若干个子环节，以确保能理解能源管理总体情况和每一个环节的细节。访谈法就是向用能环节的直接参与者了解该环节是怎样具体运作。问卷调查

法就是通过问卷调查的方式，鼓励员工提出用能环节中存在的问题和可能的解决方法。头脑风暴法就是鼓励员工探讨用能环节存在的问题及可以改进的地方，掀起一阵头脑风暴。可以围绕核心即能源管理目标，确认影响这一目标实现的关键因素，从而选择对标指标。

3.3.2　选定能效标杆

此阶段主要是收集国内外能效先进企业的能源管理标准、能效指标信息及最佳节能实践，建立潜在能效标杆合作伙伴信息数据库，对这些潜在标杆进行分析和筛选，确定最终标杆单位和对标范围。

选择能效标杆对象是一个逐步寻找的过程，寻找的范围应包括竞争对手及同行业所有其他有潜力的企业。选择标准是具有可比性。选择被瞄准的能效标杆企业应遵循两个原则：一是标杆企业在瞄准的内容方面要具有卓越的业绩，即应是行业中最佳节能实践的领先企业。二是标杆企业的被瞄准领域应与本企业有相似的特点，要具有可比性，并且可以模仿。

外部标杆选择的科学性与否直接关系到标杆比较的结果，必须审慎从事。标杆单位的选择程序：一是从行业实力方面来判断，必须在公认的实力企业中寻找对标标杆；二是从内部承认方面来判断，应该考虑企业内部对这些实力企业的认同程序；三是从学习意义上来判断，应该考虑这些企业对本单位的学习借鉴意义的大小；四是从合作态度、沟通方面来判断，应把那些合作态度好、收集资料渠道通畅、沟通无障碍的企业作为最佳的对标伙伴。

企业实施能效对标管理必须对标杆企业进行比较和选择，对其进行对标管理分析，找出问题所在，制订对标企业的研究策略。国内企业的发展并不均衡，状况千差万别，标杆不须一致。

国内企业的对标管理目前主要采取的是同业对标的形式。对于行业内综合实力较强的企业，可以选择发展最好、实力最强、能效指标最为先进的国际、国内企业作为标杆。对于大量的综合实力不够强的企业来说，选择能效标杆必须实事求是，循序渐进，不妨在不同的发展阶段确立最适合的能效标杆企业，或针对指标的不均衡发展，确立层次丰富的标杆企业，即标杆是分阶段的、动态的、多样的，体现全面比较、持续改进的原则。业内标杆的优势在于情况彼此熟悉，职能对应明确，便于整体对标。

3.3.3 设定能效指标改进目标值，制订改进方案

收集与能效对标管理有关的资料和数据，是企业合理确定能效指标改进目标值、制订切实可行的指标改进方案和实施进度计划、制订能效改进方案的基础。企业能效对标管理可以采取临时性的信息收集工作，但开展持续性的能效对标管理则需要企业建立情报收集系统。

资料和数据收集可以从企业内部和外部两方面着手进行。企业内部可以公开获得的各种数据和信息主要包括与能效对标有关的已有的各种技术报告和研究成果，内部相关部门的工作总结和年度报告、报表、会议记录等。内部不公开的信息，由于没有现成的资料，数据信息的收集工作有相当的困难，往往是对内部对标合作伙伴进行实地考察，收集和评估研究所需的各项数据信息。

收集外部能效标杆单位的数据和资料，是整个能效对标管理实施中最困难、最复杂的工作。企业在收集能效标杆单位的数据和资料时，可以采取多种策略和方式，尽可能地寻找标杆单位最佳节能实践

的全部信息。

信息收集渠道包括：

1）内部渠道：通过国家、行业建立的能效对标指标数据库和最佳节能实践库来获取。

2）文献资料：网站、报纸、杂志等信息载体。

3）行业协会：各种研讨会、培训及行业数据库。

4）实地考察：采用实地考察和面谈方式，要事先拟定访问提纲，安排好访问后的后续联系，获取标杆单位更多的信息。

收集标杆单位的信息应包括：

1）与最佳节能实践相关的设备型号名称、型号、数量等。

2）与最佳节能实践相关的指标体系及指标的统计方法、指标的最优值等。

3）最佳节能实践项目的工作流程，包括工作步骤、实施方法、实施条件、过程控制、人员技能特点、记录形式、管理制度和绩效评价等。

企业要对所收集的数据和资料进行分析，主要分析任务是与选定的能效标杆单位进行对标分析，研究与标杆单位在能源管理方式、管理手段、节能投入等方面的差距，深入进行差距分析，进而制订能效改进目标值、指标改进方案和实施进度计划。

能效对标分析应坚持真实、科学、定量与定性相结合的原则，并根据实际，灵活运用多种分析方法。在定量分析时，要对量化数据进行分类，并按流程进行排列，从中找到它们的相互联系、相互作用的规律；要从整体角度来观察这些数据背后所透出的能源管理内涵。在定性分析时，要把分析重点放在标杆单位不同于本企业的能源管理做法上，以及这些做法对能源管理绩效的影响。同时，要考虑到不同单位的文化背景、资源、人员等条件的不同，分析本企业实行这些做法的可能性及实现程序。

企业应根据本单位的具体情况，综合考虑成本、资源等因素，实事求是，设定合理、合适、可操作的能源改进目标。

企业能效指标收进目标值的设定，应符合以下原则：

1）相关性：不管是能效指标改进总目标还是分目标，都应当与本企业或本部门的具体情况相关。

2）先进性：能效指标改进目标应具有先进性、挑战性，能够激发员工为实现目标而努力。

3）可实现性：能效指标改进目标定得过高，即使经过努力也达不到，会挫伤员工的节能积极性和信心。

4）可测量性：定量或定性目标是可被监督的、可被测量的、可被考核的或能被控制的。

5）系统协调性：目标都是相互关联的，不能顾此失彼，要用系统论、控制论和信息论的原则做好协调。

企业在收集、分析了企业内部和外部可能收集到的相关资料和数据信息，找到了影响能源管理绩效的关键原因，确定了能效指标改进目标值后，应针对性地拟定多种能效指标改进方案，组织进行方案分析论证，确定最佳改进方案，并制订详细的实施进度计划。

3.3.4 能效对标实践

企业能效对标执行小组应向领导小组提交经筛选最终确定的能效指标改进方案，包括成本估算在内的详细的实施计划，重复批准后付诸实施。

虽然能效对标管理有一个调查的流程，但目的不是做一份精美华丽的报告，而是通过能效对标来改善能源管理绩效，其目标就是采取能效指标改进行动。如果能效指标改进方案做得扎实，方案实施过程就相对容易。

能效对标实施计划的实施过程可以参考以下工作程序：

1）挑选人员、组建能效对标项目实施小组，进行相应培训。

2）对实施计划进行预测，详细估算其各方面的影响。

3）对各项能效改进措施的成效和可能带来的问题进行详细评估。

4）对项目实施将涉及的员工进行及时培训，使其能在短时间内适应新的工作方法或流程。

5）分阶段推进预先拟定的工作计划，针对执行中遇到的问题及情况，项目招待小组成员和具体的实施人员要及时沟通、商量对策。

6）分阶段评估实施成果和问题，对下一步的具体行动计划进行研讨和修订。

7）工作计划执行完毕后，要及时形成能效对标项目的实施效果报告，并报送能效对标领导小组。

8）整理本次能效对标项目实施的相关数据和资料，对企业能效对标指标数据库和最佳节能实践库进行及时更新。

3.3.5 能效对标评估

能效对标项目实施完成后，必须要进行节能绩效评估，以检验实施效果，在评估绩效时要客观合理，尽量避免其他因素影响评估的结果。

能效对标评估的内容主要包括：

1）对能效对标工作状况进行评估。内容包括：建立能效对标工作机制；健全制度体系和标准体系；完善组织措施和保障措施；对标方案及阶段性目标的先进性和可行性；对标计划执行情况；对标工作成果经验对提升企业能源管理水平的意义和作用等。

2）对能效对标管理工作机制进行评估。内容包括：对能效对标指标体系的科学性、可比性和导向性进行评估；对评价体系的客观性和公正性进行评估；对管理体系的适应性和有效性进行评估；对指标数据库唯一性、真实性进行评估；对指标数据采集分析的及时性、准确性进行评估；对数据库运用的便捷性进行评估；对最佳节能实践库的先进性、实效性进行评估。

企业能效对标要坚持科学、公正、规范、统一的评估原则；制订相应的评估实施细则和评估标准，避免盲目性和随意性。评估方式可采用总体评估与单项评估相结合、定期评估与不定期评估相结合、定性评估与定量评估相结合、外部评估与自我评估结合等多种灵活方式。

3.3.6 持续改进提高

能效对标管理过程本身就是持续往复进行的，对标管理项目的能源管理绩效改进也是一个永无止境的动态过程。在一个特定的能效对标项目结束后，企业应及时总结，并对新的情况和新的发现进行进一步的分析，提出能效指标改进目标，以便进行下一轮的能效对标，这样可使企业在能源管理上始终保持不断进取的态势。企业实施能效对标管理是一个长期渐进的过程，需要企业对能效对标管理进行不断地校准并评价，不断提高能效指标改进目标，不断提升实施效果。

企业能效对标管理活动成功开展后，应作为企业经营的一项职能活动融合到日常能源管理工作中去，成为一项固定的制度连续进行。要加大考核力度，强化考核指标的刚性，把能效对标管理作为加强企业能源管理的有效途径，贯穿于企业能源管理的全过程，将对标管理的成果作为部门和员工的重要业绩加以考核，把各阶段能效指标完成情况与员工利益挂钩，形成有效的激励机制，使能效指标改进工作保持动力。

3.4 能效对标管理的作用

对于企业来说，实施能效对标管理可以充分学习和借鉴国内外能效先进企业的能源管理理念和经验，促使企业建立健全内部节能良性循环机制，探索出一套适合本企业的能源管理基本方法、工作流程、指标体系和激励机制，持续推动企业能源管理水平的提升和能效指标的改进，不断提高企业节能经济效益。

通过开展能效对标管理，企业可以具体实现以下全部或部分目的：

1）全面、客观地了解企业生产和能源使用实际情况，完善生产和能耗基础数据计量、统计等能源管理基础工作，建立涵盖企业能源使用各方面的能效指标体系，合理提出企业各项能效指标的定额水平，科学合理地分解落实企业节能目标责任。

2）正确认识与能效先进企业的差距。通过分析能效指标差距，明确企业节能的现实潜力、节能的工作努力方向和工作重点。

3）根据能效差距和节能目标责任要求，合理制订和完善本企业中长期节能规划和年度节能计划，合理安排各种能效改进措施的先后顺序与轻重缓急。

4）为企业提供各种被能效先进企业节能实践所证明的、行之有效的节能措施和方案选择，避免浪费不必要的时间和资源，同时也可避免自身经受各种不必要的节能工作失误和挫折。

5）有助于企业制订现实可行的能效改进工作方案，通过加强能源精细化管理和实施节能技术改造，促进和推动企业能源管理水平和能效指标的持续改善和提高。

6）有助于企业博采众人之长为己所用，建立科学有效的能源管理体系；通过加强节能交流与合作，使各企业共享节能信息和资源，进一步促进企业能源管理制度的创新。

第 4 章
Chapter 4

能效对标管理工具

4.1 中欧能源环境项目“能效对标工具——BMT 方法学”

4.1.1 BMT 方法学简介

BMT［“对标”（Benchmarking），“监测”（Monitoring）和“目标设立”（Targeting）的缩写］是为重点耗能行业能效水平对标管理项目（简称能效对标管理项目）开发的工具。《能源对标管理培训手册》（简称《BMT 培训手册》）是在重点耗能行业能效水平对标管理项目的框架下准备的。该项目由中国－欧盟能源环境项目（简称 EEP 项目）提供资金，是 EEP 项目能源效率子项目的组成部分。项目组开发出一套适用的方法学，用于指导如何将对标作为管理工具来使用。这套方法学包含指导手册及附件，能指导企业和咨询顾问共同协助企业在现场应用对标管理，并通过提高能源效率、分别减少重点耗能工序和活动的能源强度，达到系统改善企业能源绩效的目的。

整个方法学包括四个组成部分（图 4-1）。

第一部分是《能效对标管理方法学指导手册》简称《BMT 指导手册》，主要用于解释整个方法学的流程，供咨询顾问使用。

第二部分是《能效对标管理工作手册》简称［《BMT 工作手册》（《BMT 指导手册》的附件）］，由大量的工作表单组成，用来收集对标需要的数据，一般由企业填写。当然，不同类型的企业可能需要根据实际情况修改这些表单。

第三部分是能效对标管理软件，用于数据填报及计算分析。

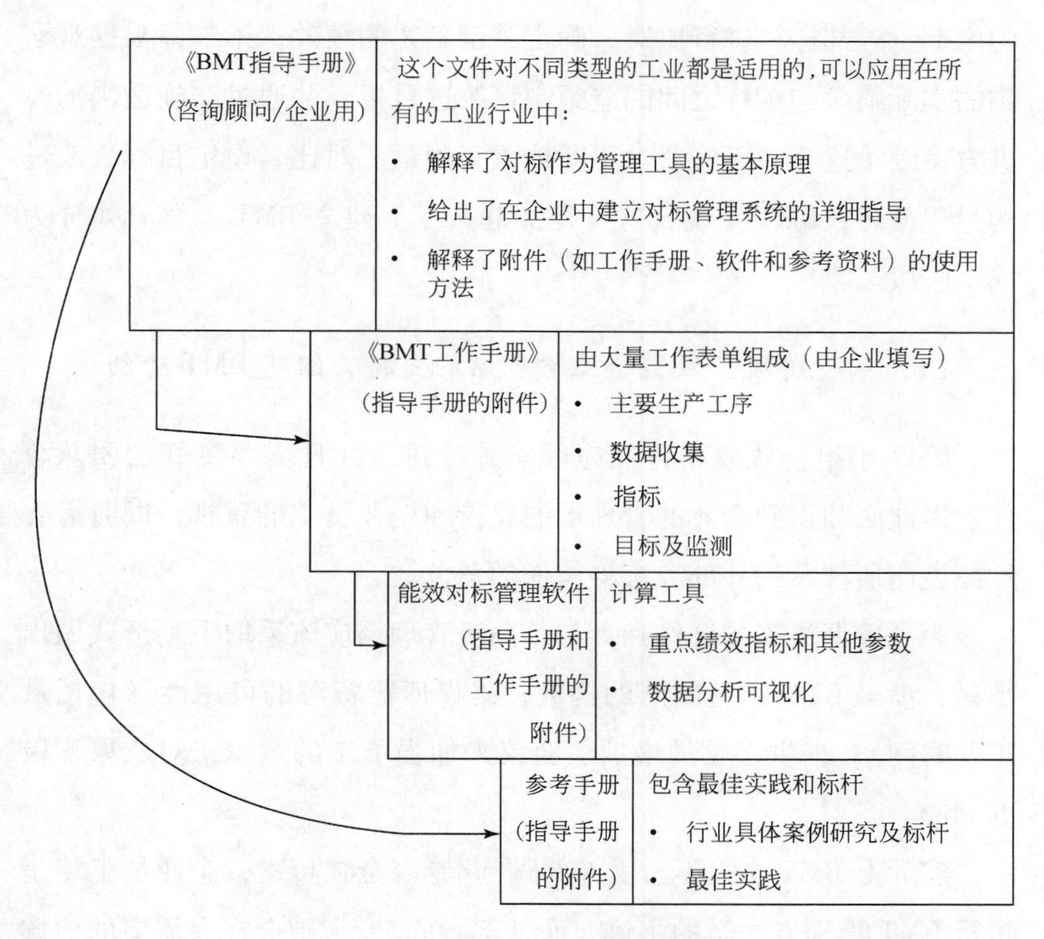

图 4-1　BMT 工具包结构图

第四部分是参考手册，参考手册将汇集不同行业的标杆数值及其他有关的基础信息。参考手册将放到软件的一个单独的数据库中，可以实现替换和更新功能。

4.1.2　BMT 方法学的步骤

《BMT 指导手册》详细地介绍了如何在一家实际的企业中应用 BMT 方法学。第一，通过测量生产工艺中的关键参数，并与收集到的内部、外部标杆进行比对，确定关键工艺的绩效；第二，根据观察到的实际绩效与标杆之间的差距制订改进目标，并通过实施适当的改进方案缩小这个差距。通过不断地重复测量、对比、设定目标、改进的过程循环，BMT 系统就这样建立起来了。建立 BMT 系统具体分为六个阶段。

（1）第一阶段：获得企业管理层的支持，组建 BMT 小组

BMT 小组会从战略管理途径实施改进，并且需要良好的团队合作。因此必须得到企业的管理层的支持和企业员工的重视，同时需要详细说明所涉及的外部专家将担任的角色。

为了确保员工的合作和参与，高级管理层应该采取下列形式做出承诺：参与 BMT 小组团队的构成；确保所需资源的可用性（包括员工的时间）；提供必要的培训、会议来加强员工的意识；对成果积极的响应。

实际上 BMT 小组不会由外部顾问/专家全权负责，企业员工将是执行 BMT 管理方法学的主体，而外部顾问/专家则会在有需要的地方协助和指导他们。

建立 BMT 小组团队会对项目组织、协调和监督起到非常重要的作用。正确的选择团队成员将起到决定性的意义，否则团队可能会产生内部矛盾。对大型企业或组织来说，应该配备一个能及时、正确应对节能方案的核心小组（由不同部门的代表组成，包括财务/会计和主要生产部门），以及配备负责特殊工作的子小组（如某特定的生产线或工序的员工）

应在企业的高层领导中选择 BMT 小组团队领导，同时明确地指出此领导在小组中所担当职务及作用，以彰显管理层的支持及承诺力

度。同时也能方便地从不同的部门获得所有相关的信息。BMT 小组团队的领导应由最高管理层任命，并在工作描述中明确的界定他的职责，使其拥有正式的授权来利用任何所需的资源。

（2）第二阶段：建立一个可信的数据收集系统，测量和监测企业当前的运行状况

BMT 管理方法学的核心是建立一个可信的数据收集系统来测量和监测一段时间内企业生产的重点参数。因此，建议企业设立一个日常数据收集系统（如果没有这样做），以及正确的分析系统，并从生产经验中学习如何以最佳方式解释数据。一旦确定需要改进绩效的部位，对其做更详细的调查，收集相关资料并制订改善措施。一旦取得 6 个月到 1 年的历史数据，将有可能建立现实的、具有挑战性的目标，以提高性能，同时监测改进的进度。更多收集到的数据将反过来使人们对工厂绩效和进一步发展的目标有一个更好地了解。此过程称为“监测和设立目标”。

企业应该对有关能源使用、水和材料消耗以及非产品产出（NPO）等重要项目亲自进行测量，以便保持相关信息的完整而连续的记录，而不只是依靠当地环境监控部门所给出的官方测量数据。

关于需要开展的具体测量项目，取决于企业本身的情况。而在那些企业或者将要超标的领域实施的规章也要进行评估并且对相关的参数进行测量。每家企业都各不相同，都有适用于自己特定的规则。这些情况需要进行审查，而且相关参数需要进行测量。例如，一家水泥厂主要关心的是扬尘量，而纺织厂却通常不需要检查粉尘的散布情况。一些企业需要检查水的排放情况，以及其水处理厂的运作情况。

在中国，一个通常使用的参数就是“综合能源消耗”，它将燃

料、电力、压缩气和制冷水的消耗量结合到了一起。同时，还使用了各种不同系数来将各种能源项目的实物量转换为标准煤等价物的数字，然后将这些数字加在一起。由于大部分企业使用的都是在全国适用的能源项目系数，这个最终得出的数字并不真正代表每个企业的实际情形。这个最终的数字总和是几个相互间没有任何实际关系的能源项目的复合数值，因此这个总和对于绩效评估几乎没有什么意义，除非每个项目的相对比例在每个月都完全相同，或许有一些意义。但这种情况永远也不会出现，因此我们不建议使用综合能源数字。

用于绩效监控的数据最好取自已经在整个企业应用的现行测量体系。这种方法的优势非常明显：它不但使用了人们熟悉的信息，同时还应用了一些新的或更广泛的分析程序来提取有用信息和更有意义的绩效参数。

企业的典型数据源包括：生产统计资料；材料消耗报告；采购报告；材料和其他成本计算账单；副产品和废物处理报告；废水分析资料；材料、水和各种形式能源的供应商；销售报告；实验室报告。

此阶段的任务会对企业的活动及其在产量和能源消耗方面的主要特点进行一个全面的总结。

可视化的现场图和流程图将有助于理解企业工艺流程，活动间的逻辑关系和联系。耗能设备注册表则列出了企业的主要能源消耗部位。

在工厂中，消耗的能源和相应的生产水平是标明能源强度的主要参数。因此，必须知道的能源数据和生产数据。

还需要知道各个类型能源的消耗值，如各种燃料和电。因此需要检查每一种能源的消耗量，了解每种燃料的热值，这样才能够计算任何时间段内的实际能源使用量。

必须记录每月的耗能数字以及测量每个设备的耗能量。定期检查锅炉和燃炉的能效会对降低运营成本和提高企业的盈利能力做出宝贵的贡献。因此，强烈建议企业购买监测设备自行按月监测。

（3）第三阶段：诠释需要收集的数据，并评估所选定的指标

该阶段论述如何通过能源消费和产量的参照数据进行过程监控和生成指标作为重点。这个程序分为四个步骤：

第一，将某种产品作为重点。典型情况下，大型企业会生产出不同的质量和数量的产品。不同的产品来自不同的工艺流程，并且不同的技术也会产生不同的能源消耗。BMT 方法学建议对每一个产品单独调研。产品在企业总产出的占有率，产品价值或产品的能耗水平或其他假定迫切需要改进的项目等都可以作为选择标准。

第二，将生产这一产品的工艺作为重点。不同的生产线对应不同的产品。这样的生产线也将包括一系列不同的工艺，而在工艺流程图中会明确的标出这些工艺。

第三，测量这些工艺的能源消耗量。一旦选定了工艺及相关耗能设备，我们就可以通过按月测量，甚至按天测量，在工艺及子工艺中定位能源消耗点。当然，在随后的案例中，材料数据（产品产量和原料投入），按同一时间顺序测量。建议对每一个工艺或子工艺分别测量能源消耗量。这项工作可以由企业工作人员或相关单位执行。

第四，计算能源消耗与产品的产量的比值，结果为当前产品的能源强度指标。能源强度的表达式是“每单位产品产出的能源消费量”，常见单位为吨（t）。

基于已经收集的数据，可以计算出工业产品的能源强度。能源强

度将表示为每单位产品产出所用能源，最常见的计量单位是百万焦耳每吨（10^6J/t）。其他指标是千瓦时每吨（kW·h/t）或千克标准煤（kgce）每吨（kgce/t）。

（4）第四阶段：通过与内部和外部的标杆进行比对，探索改进的潜力

对标是就将自己的绩效与一些参考点进行比对的过程。虽然可以在内部和外部找到这些参考点，但是只有在建立一个正确绩效测量和监测系统后，该企业才算为对标做好准备。

1）内部对标。内部对标是开始。企业良好的内部实践信息也是外部标杆比对的先决条件。内部对标是一个高生产价值的自我评估过程。通过内部对标可以确定企业内部的最佳实践。

基于已经建立的数据和监测系统［见4.1.2（2）］有一些可以与内部对标同时开展的方案。①耗能设备检查：每一个耗能设备（锅炉，熔炉，电机等）都有具体的操作参数，这些参数通常标注在说明手册和设备铭牌上。②耗能设备的年度最佳绩效：可以根据耗能设备的月度数据，设定最佳的月绩效为标杆，努力缩小与目标间的绩效差距或优于最佳绩效值。③工艺的年度最佳绩效：在中国，通过与教科书作比对来计算工艺绩效是一个传统。类似的方法可用于整个工艺或不同的子工艺。

2）外部对标。可以在文献中典型的行业工艺中发现外部标杆。根据信息来源，通常有两种不同类型的标杆：①第一个典型标杆由绩效值范围组成，来自于典型行业的“从到”绩效范围。②第二个典型标杆由世界最佳实践组成，来自于最佳实践，也许只有一个企业具有好的绩效。

这两种类型的标杆对企业的目标设定和改进工作都有指导性的作用。

（5）第五阶段：制订明确的改进目标

在本阶段，应该制订具体的目标从而提高绩效。这些目标应该有强大的推动力，但同时也要避免不切实际或超出企业的实际能力。

通常在既定的时间段内制订目标，从而对目标的实用性及成果进行控制。基本上，设立有时间期限的目标有下面几条经验：

1）短期目标通常关注的时限为几个月，最大的一年。所设立目标要最尽量精确同时避免失败的可能性。

2）中期目标关注较时间较长，假定达到两年或三年。这通常是企业设立他们的投资规划和计算投资回报的时期。

3）长期目标面对更远的未来。企业是非常雄心勃勃的，但关注着一些不确定的因素。它们给出一个总体的发展方向。

对目标的实现保持衡量和监测是非常重要的一点。随着监测和目标设立的循环完成，循环周期会再次重新启动。目标可能会随着时间的推移发生变化，或者基于新的信息做出调整。

（6）第六阶段：利用最佳实践，明确并实施改进方案

分析确定各种问题的起因，如能耗高的产生原因可分为：人、操作、材料、设备等。在取得分析结果的基础上，可能会制订许多种方案以取得改善工厂能耗的目的。每个工厂的情况都不同，因此这些方案都必须具有特定性——例如要明确所发现亏损的性质和程度、现有的技术能力、现有的管理经验和有效时间、公司的环境和能源政策、所使用的工艺和设备以及所能获得的资金情况。每种情形都必须根据

实际情况进行考虑。

我们建议采取一些常见的方法：

1）采用有效的绩效测量方法，包括每个月报告所发现的亏损情况。

2）列出各种亏损项目，评估相关的损失，潜在的利益以及取得这些利益所需要花费的成本。要特别注意开展简单的维护工作，以便解决最为明显的加工材料、水、蒸汽和压缩空气的泄漏问题。

3）计算投资回收期，核查改进措施所产生的其他积极影响。

4）根据投资回收期和其他利益方面，按照重要程度的大小顺序列出所有可能采取的方案。

5）如果资金到位的话，执行那些能够易于接受的、具有短回收期或其他利益的措施。

6）在通过初步调查已经确定改进维护和操作实践的空间的情况下，为相关人员制订维护和操作的培训课程，并采用更好的做法，包括改进的记帐制度。

7）通过持续利用绩效测量方法监控所采用的所有措施的效果。

以上过程包括一系列具体的任务，第六阶段任务完成后，重新开始 BMT 循环，实施持续改进的过程。

4.1.3　BMT 方法学的应用

能效对标管理项目成功地在九个重点耗能行业中应用并推广 BMT 方法学。在充分考虑行业现状和企业特点的基础上，同时综合考虑地理区域、经济发展水平等重要因素，在钢铁、化工、建材、有色金属及纺织五大重点耗能行业，筛选了 5 家具有行业代表性的企业作为试点研究企业，试点企业名单详见表4-1。

表4-1　试点企业名单

序　号	行　业	单位名称	地　点
1	建　材	北京某水泥公司	北　京
2	化　工	河南某化工公司	河　南
3	钢　铁	山西某钢铁公司	山　西
4	纺　织	河南某纺织公司	河　南
5	有色金属	辽宁某有色金属公司	辽　宁

自2008年11月至2009年5月间，在得到各试点企业领导层的大力支持的基础上，通过在企业的实地考察及详细填写能效对标管理方法学工作手册中的工作表单从而了解企业当前情况，并根据所获得的详细信息及数据对企业生产及能源消耗情况进行分析，确定相应的国内及国际标杆值，并针对在企业发现的问题提出了相应的改进建议，在企业中建立起完善的BMT系统，从而为在重点耗能行业推广能效对标管理方法学奠定了坚实的基础。

项目组所选择的5家试点企业中，辽宁某有色金属公司属于国有高科技股份制企业，是中国第一座自行研制、自行设计、自行建设的拥有独立知识产权的生物氧化提金企业，其余4家试点企业均为国家千家重点耗能企业。

在实施BMT循环的第一阶段的过程中，通过与试点企业进行前期接触及现场调研，专家组对试点企业整体情况、能源管理现状及能源消耗情况有了初步的了解。这5家试点企业在各自行业中属于生产能力较强、产量较高、工艺技术水平较先进、能源管理机制健全的企业，相对能源计量器具配备较好，能源消耗数据统计记录完备，能够有力保障能效对标工作的顺利开展。

通过对《BMT 工作手册》中的承诺管理表的填写，对各试点企业管理层的承诺力度有了清晰的认识（图 4-2）。

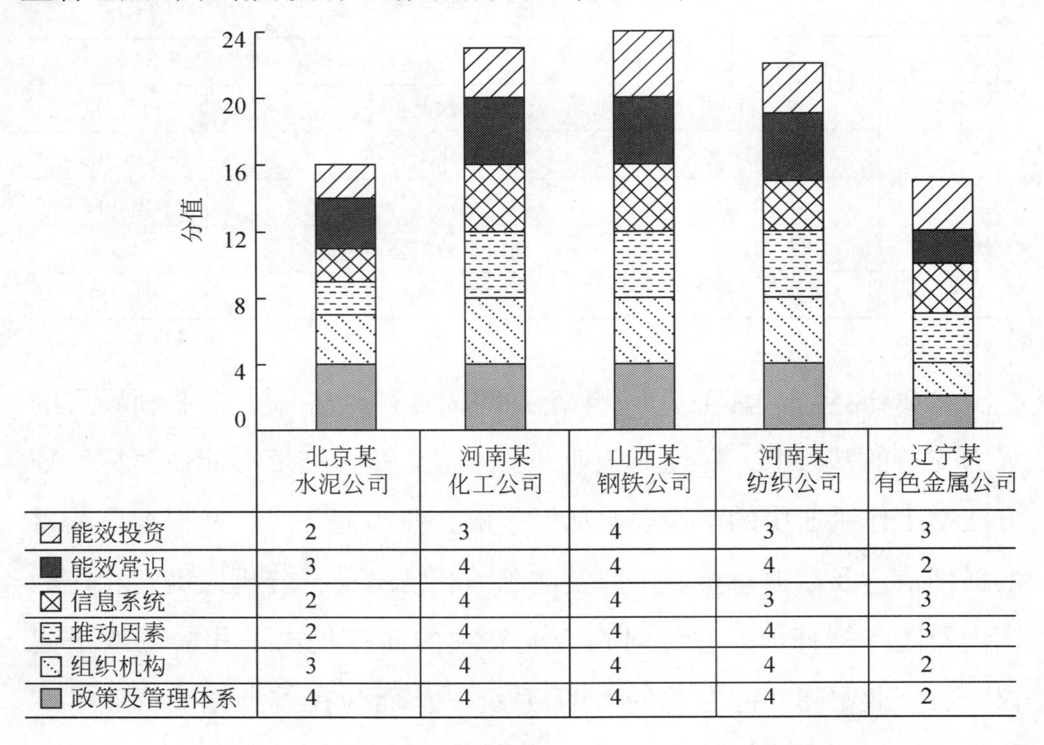

	北京某水泥公司	河南某化工公司	山西某钢铁公司	河南某纺织公司	辽宁某有色金属公司
能效投资	2	3	4	3	3
能效常识	3	4	4	4	2
信息系统	2	4	4	3	3
推动因素	2	4	4	4	3
组织机构	3	4	4	4	2
政策及管理体系	4	4	4	4	2

图 4-2　试点企业管理承诺力度分析图

其中辽宁某有色金属公司属于国有高科技股份制企业，虽然年营业额高达 2.66 亿元，但是员工总人数仅有 193 人，在政策及管理体系、组织机构、信息系统及能效常识普及方面重视不够；且由于该企业的科技水平和设备工艺均达到国内国际的先进水平，能效水平较好，所以能效投资及推动因素方面亦无迫切需求，总得分为 15 分属于中等水平。

余下 4 家试点企业均属国家千家重点耗能企业，对能源管理及节能减排方面均投入大量的人力及物力，所以在承诺管理考核的 6 个方面均表现出良好状态：河南某化工公司 23 分，山西某钢铁公司为 24

分，河南某纺织公司为22分。北京某水泥公司情况较为特殊，由于项目开展时恰逢奥运会在北京召开，工厂停工半年，所以在能效投资方面及推动因素方面分数有所下降，总分为16分属于中等水平。

在与企业共同确定本次能效对标试点研究项目团队人员组成并填写完成BMT小组团队注册表后，试点研究正式进入BMT循环的第二阶段。

BMT的核心是建立一个可信的数据收集系统来测量和监测特定时间段内企业生产的重点参数，而BMT循环的第二阶段也正是为达到这个目的而设计。试点研究所选择的全部5家企业均有完备的产品产量及生产原材料及能源的消耗数据统计，在企业相关人员的协助下，项目组顺利地完成了企业基本信息及数据的采集工作，填写完成了附表工作表3到工作表10的内容。但是由于试点企业内部计量设施均未能细化到耗能设备，故无法填写设备能源消耗表。

其中，北京某水泥公司由于企业在2007年重组变更统计口径[①]，及2008年奥运会期间停止生产等客观因素的影响无法提供近期的生产消耗数据，故仅提供2005~2006年生产消耗数据；河南某化工公司、山西某钢铁公司及河南某纺织公司均提供了2~3年的最新月度生产消耗数据，为了打消企业对于关键数据泄密的顾虑，项目组与山西某钢铁公司及河南某纺织公司分别签订了保密协议；辽宁某有色金属公司出于对外保密的考虑终止了试点项目的实施。

此外，在收集相关信息及数据的时候，项目组发现，企业为了应

① 我国现有两种电力折标方式。一种是当量热值，即每千瓦小时按3596kJ（860kCal）计算，其折算标准煤系数为0.1229kg/（kW·h）（国际上普遍采用）；另一种是等价热值，按11 826kJ（2828kCal）计算，折算系数为0.4040kg/（kW·h）。当前这两种系数同时并存，因为企业统计时没有对这两种系数强制规定，因而不同企业可能会采用不同的折标系数。

对不同的要求，每个厂家都拥有几套不同的统计口径的数据。为了达到项目预期目的，真正的帮助企业发现问题，提高能源效率，项目组反复的向企业介绍能效对标方法学的内容、工作原理以及原始数据的重要性，并说服企业提供了相关的最接近原始状态的数据。

在数据统计的过程中，项目组也遇到了企业特有的问题。例如：在山西某钢铁公司项目组发现由于产品种类繁多，且厂家按订单需求编制生产计划，无法将能源消耗与特定产品产量一一对应，在与山西某钢铁公司计划、技术，生产、调度等部门人员共同探讨后，利用按产品种类将产量折标的方法解决了这个问题。河南某纺织公司的情况也与此类似，由于产品种类繁多，而且生产需要根据订单的变化，随时对设备进行调整改变产品的粗细重量，所以对特定产品或设备进行对标难度大且实施过程较复杂。因此，项目组决定采用纺织部颁布的折标方法对不同规格产品进行折标后（以 120 旦为标准）进行对标。

在成功地解决了上述的类似问题后，项目组扫清了开展 BMT 循环第三阶段最后的障碍，使第三阶段的实施过程变得相对简单，可以简单地通过项目设计的表格计算得出所选定重点产品的能源强度值。这里唯一需要说明的就是，河南某化工公司与河南某纺织公司的工艺流程相对简单，主要能源消耗即为工艺能源消耗，所以主要能源消耗表与工艺能源消耗表的内容完全一致。

在计算得出重点产品能源强度后，项目进展到 BMT 循环第四阶段——内部及外部对标。

如上所述，由于试点企业内部计量设施均未能细化到耗能设备，故无法填写耗能设备例行检查表与耗能设备年度最佳绩效表。此外，由于各试点企业加大技术改造力度，不断改进提高工艺水平，导致建厂设计时的理论产量与能源消耗值被不断刷新。企业无法准确更新最佳的理论绩效值，所以试点企业均无法填写工艺理论最佳绩效表。但是，通过填写工艺的年度最佳绩效表，项目组为试点企业选取所分析年度的最佳绩效作为内部对标的标杆。同时，通过查阅大量、各类中外文献，行业标准，最佳实践等，确定部分外部标杆。这里需要说明的是，由于各行业内企业具体情况各不相同，部分行业无法选定外部标杆。例如：制盐行业所选定的指标国内水平远低于河南某化工公司的水平，且国际现行的制盐工艺为六效蒸发工艺，与河南某化工公司（四效蒸发制盐工艺）无法进行比对。

本项目大力推广一个可以量化消耗与产量间关系的分析手段——“E-P 图”分析方法，这是核对过程绩效的一个有效手段。在项目实施的过程中，项目专家利用该方法明确指出河南某化工公司所存在的问题：制盐耗水与制盐耗电未得到有效地控制。在与企业交流沟通后找到原因，水为企业自采地下水没有成本；2006～2008 年 3 年间耗电设备数量及总耗电量数据统计方法不统一[①]，对分析的结果产生了极大的影响。之后，企业技术负责人多次与项目专家探讨该工具的应用方法及范围，计划将此方法推广到全厂，并着手起草相关论文向行业推广。

另外，由于项目整体时间计划的限制，项目组仅将分析细化到月度数据，但是，项目组向试点企业的技术人员强调数据分析的重要性，并建议将数据分析细化到周数据或日数据会是非常有意义的工作。

在与内部、外部标杆的比对及对相应的数据进行分析后，项目组为选定工艺或产品确定了具体的改进目标，并针对在企业发现的问题提出了相应的改进建议。在企业中建立起完善的 BMT 系统，从而为在重点耗能行业推广能效对标管理方法学奠定了坚实的基础。

① 企业在 2008 年新建了一条包装生产线。

在完成了5个试点应用之后，项目组又在钢铁、化工、建材、有色金属、纺织、煤炭、电力、石化及制浆与造纸九大重点耗能行业，筛选了9家具有行业代表性的企业作为示范企业，示范企业名单详见表4-2。

表4-2　示范企业名单

序　号	行　业	单位名称	地　点
1	建　材	北京某水泥公司	北　京
2	化　工	河南某化工公司	河　南
3	钢　铁	山西某钢铁公司	山　西
4	纺　织	河南某纺织公司	河　南
5	有色金属	内蒙古某有色金属公司	内蒙古
6	煤　炭	河南某煤炭公司	河　南
7	电　力	北京某电力公司	北　京
8	石　化	北京某石化公司	北　京
9	造　纸	宁夏某纸业公司	宁　夏

总结了实施能效对标试点研究的经验及教训，项目组在9个示范企业实施能效对标管理评估，评估主要包括6个步骤：①获得管理层的支持及成立BMT小组；②测量和监测当前情况；③指标的产生；④内部及外部对标；⑤设立目标；⑥改进。

自2009年5月至2009年8月间，在得到示范企业领导层的大力支持的基础上，通过在企业的实地考察及详细填写《能效对标管理方法学工作手册》中的工作表单从而了解企业当前情况，并根据所获得的详细信息及数据，应用《能效对标管理工具包》对企业生产及能源消耗情况进行分析，确定相应的国内及国际标杆值，并针对在企业发现的问题提出了相应的改进建议，在企业中建立起完善的BMT系统，从而成功地在重点耗能行业推广了能效对标管理方法学及工具包。

项目组所选择的 9 家示范企业绝大部分属于国家千家重点耗能企业。

在实施 BMT 循环的第一阶段的过程中，通过与示范企业进行前期接触及现场调研，专家组对示范企业整体情况、能源管理现状及能源消耗情况有了初步的了解。这 9 家示范企业在各自行业中属于生产能力较强、产量较高、工艺技术水平较先进、能源管理机制健全的企业，相对能源计量器具配备较好，能源消耗数据统计记录完备，能够有力保障能效对标工作的顺利开展。

通过对《BMT 工作手册》中的承诺管理表的填写，对各示范企业管理层的承诺力度有了清晰的认识（图 4-3）。

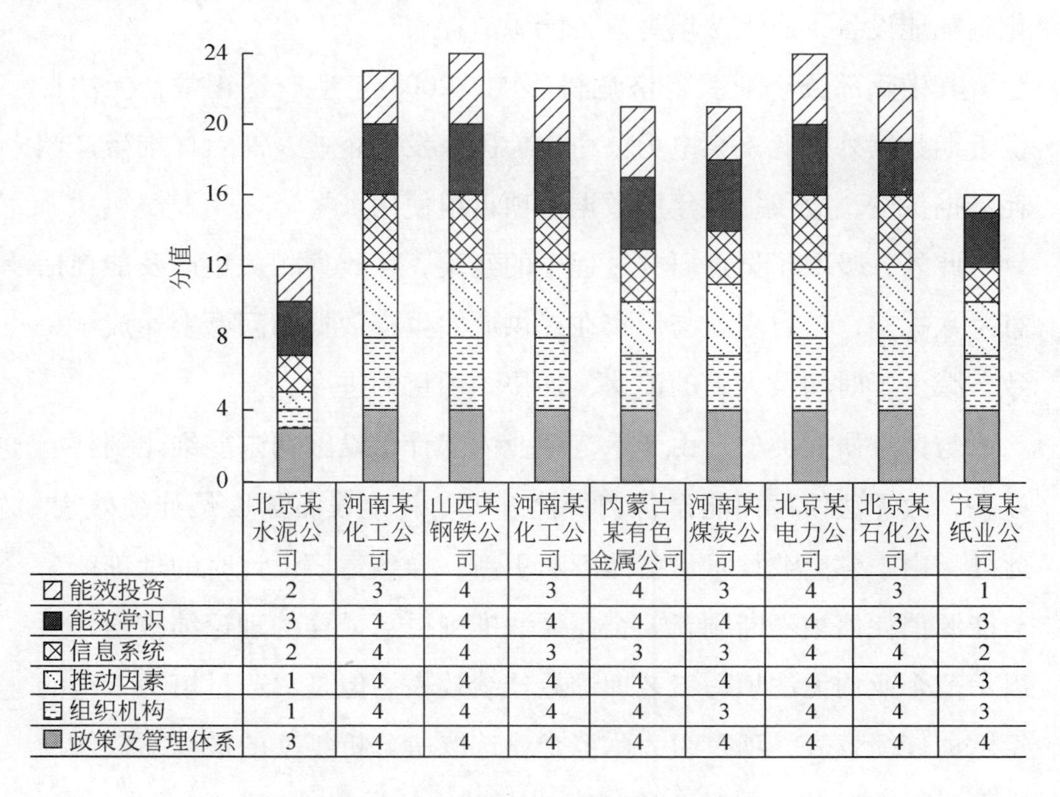

	北京某水泥公司	河南某化工公司	山西某钢铁公司	河南某化工公司	内蒙古某有色金属公司	河南某煤炭公司	北京某电力公司	北京某石化公司	宁夏某纸业公司
能效投资	2	3	4	3	4	3	4	3	1
能效常识	3	4	4	4	4	4	4	3	3
信息系统	2	4	4	3	3	3	4	4	2
推动因素	1	4	4	4	4	4	4	4	3
组织机构	1	4	4	4	4	3	4	4	3
政策及管理体系	3	4	4	4	4	4	4	4	4

图 4-3　管理承诺力度数据分析图

其中宁夏某纸业公司由于造纸行业受经济危机影响严重，企业不景气，人力、物力投入有限，所以得分仅为16分，属于中等水平。

其余8家示范企业绝大多数属于国家千家重点耗能企业，对能源管理及节能减排方面均投入大量的人力及物力，所以在承诺管理考核的六个方面均表现出良好状态：得分均在20分以上。

在与企业共同确定本次能效对标试点研究项目团队人员组成并填写完成BMT团队注册表后，示范项目正式进入BMT循环的第二阶段。

与试点企业相似，示范项目所选择的全部9家企业均有完备的产品产量及生产原材料及能源的消耗数据统计，项目组均可顺利的填写完成了相应工作表的内容。但是由于示范企业内部计量设施均未能细化到耗能设备，故无法填写设备能源消耗表。

其中除部分企业受经济危机影响，2008年生产不正常，无法提供近期数据外，北京某电力公司作为国家发电企业，需对详细生产消耗数据保密，故仅提供年度数据供项目组使用。

此外，吸取了试点研究过程中的经验，在收集相关生产及能耗信息及数据前，项目组就与厂家在提供原始生产数据的问题上达成了一致，减少了时间及人力的浪费，加快了项目的进度。

与试点研究类似，由于示范企业内部计量设施均未能细化到耗能设备，故无法填写耗能设备例行检查表与耗能设备年度最佳绩效表。此外，由于各企业技术设备的不断更新，导致建厂设计时的理论产量与能源消耗值被不断刷新。企业无法准确更新最佳的理论绩效值，所以示范企业均无法填写工艺理论最佳绩效表。但是，通过填写工艺的年度最佳绩效表，项目组为示范企业选取所分析年度的最佳绩效作为内部对标的标杆。同时，通过查阅大量、各类中外文献，行业标准，最佳实践等，确定部分外部标杆。

在与内部、外部标杆的比对及对相应的数据进行分析后，项目组为选定工艺或产品确定了具体的改进目标，并针对在企业发现的问题提出了相应的改进建议。在企业中建立起完善的能效 BMT 系统，在重点耗能行业中有效地扩大了能效对标管理方法学的影响。

总的来说，示范企业对能效对标项目的满意度比较高。他们在企业访谈问卷中上给了本次能效对标项目很高的评价，给培训专家打了很高的分数。在项目的总结会上，企业代表总结了实施项目的感想及收获，也许他们的收获可以看作本次能效对标项目的成果：

1）通过本次能效对标项目在企业的实施，能效对标的思想已经植入到企业管理人员的心中，企业表示可以接受本项目，认为这是一个提升企业管理方法与模式的手段。如能长期将本项目持续的实施下去，与实际生产技术与工艺技术装备有机地结合起来，将对节能降耗工作的开展起到指导性作用。

2）虽然各企业情况千差万别，但是通过本次能效对标项目在企业的实施，无论对于单一产品型还是多元化的企业均认识到，只要细化能源计量及统计工作，从内部对标抓起，有效利用各种外部标杆，并持之以恒、形成制度，一定会在节能降耗方面取得长足的进步。

3）由于项目历时仅仅一年时间，各项工作难免会有纰漏。企业代表也提出一些合理建议：进一步简化 BMT 方法学，使其“好学易懂”、更加适于向企业基层技术人员推广普及；将方法学与节能减排、能源审计、清洁生产等工作有机结合起来。有了这些来自生产第一线的合理建议，项目组有信心将能效对标方法学提升到一个新的高度。

4）虽然能效对标方法学还存在不足，但是各企业均表示会继续应用该方法学及工具包，并且会提出合理化建议使其不断得到改进与完善。同时，企业代表也表示会向其他企业推荐能效对标方法学及工具包。

4.2 水泥能效对标和节能分析工具

4.2.1 水泥能效对标和节能分析工具简介

水泥能效对标和节能分析工具（Best Cement 工具）是由美国国家环境保护局，能源基金会和陶氏化学公司提供研究基金，通过劳伦斯伯克利国家实验室和能源研究所，中国水泥协会，中国建筑材料科学研究院以及山东大学的合作，共同开发完成。

Best Cement 工具是基于水泥生产的工艺，根据目前全世界所有可商用的水泥行业能效技术，为中国地区开发设计的。虽然没有哪一家水泥企业能完全涵盖此对标工具中所有的能效措施，但是这样的对标设立了一个合理的比较标准。对标企业的能耗将会随水泥生产工艺的不同而变化。Best Cement 工具将计算企业生产和能量的变量，并允许用户根据自身企业的运行数据来运行此工具。

为了使对标企业更好的和用户水泥企业保持一致，用户需要在能量输入工作表中输入生产和能量数据。Best Cement 工具将会利用这些数据给出一个和用户水泥企业相似的对标企业，而不是将用户企业和一般标准进行比较，因此可让用户更好地了解到所在企业提高能效的潜在空间。

生产和能量数据包括：所用原料（t/a）[石灰石，石膏，黏土矿物，铁矿石，高炉矿渣，粉煤灰，其他工业矿渣，天然火山灰，石灰石粉磨（在熟料以后的阶段）以及城市垃圾和其他混合材]；进行预均化和配料的原料总量（t/a）；进行烘干和粉碎的混合材总量(t/a)；每种窑所产熟料总量（t/a）；根据种类和等级的不同，每种水泥的生产总量（t/a）以及每种能源的用量。

4.2.2 Best Cement 工具应用方法

该程序包括大量的工作表。使用从输入信息表中获取的数据进行计算。在完成一个工作表之后，通过点击工作表上的一个按钮，就可以进入到下一张工作表。接下来，工具将一步一步地完成“Best Cement”的所有工作表。

Best Cement 工具可以通过将自己的水泥厂与标杆水泥厂做对比，从而评估自己的水泥厂的能效水平。标杆水泥厂是根据现存的已经得到实践验证的技术而建立的。标杆水泥厂根据您输入的自己的水泥厂的相关信息来模拟生产相同产量的同种产品，只是采用更为高效节能的技术。这样就可以得到一个评分，称为能耗强度指数（EII），该指标可以衡量您自己的水泥厂的能效水平。在评估了自己的水泥厂的能效水平之后，您可以通过选择您打算采用的改进措施来评估该改进措施对贵厂能效水平的影响。您可以将您要选用的各个改进措施（采用、不采用、部分采用）确定一个实施程度（如 25%、50%），而后 Best Cement 会算出节能总量、投资成本、回收周期以及一个新的 EII。

4.2.3 Best Cement 工具在水泥企业中的应用

Best Cement 工具为用户提供了进行快速评估或详细评估的机

会——这一选择将决定输入能量数据时的具体程度。详细评估将会要求用户输入每道工序的生产和能量数据；而快速评估则只需要输入所用设备的总能耗。对标工具也提供了两种对标，包括中国国内的最佳实践值和国际的最佳实践值。

在评估了用户水泥企业的生产绩效以后，Best Cement 工具可以用来评估所选能效措施的效果和影响。Best Cement 工具为水泥企业提供了大约 50 种能效措施的信息，包括能效措施的成本，节能量，回收周期，二氧化碳减排量等。根据用户选择每项措施执行的程度和比例，Best Cement 工具就会计算出执行所选措施的总体成本、节能和减排量、能源费用、回收周期和改进后的能效对标指数。

Best Cement 工具适用于生产 32. 5、32. 5R、42. 5、42. 5R、52. 5、52. 5R、62. 5 和 62. 5R 等级水泥（波特兰、普通波特兰、矿渣、粉煤灰、火山灰和/或复合水泥）的水泥企业。

第 5 章
Chapter 5

BMT 方法学在行业中的应用案例

5.1 钢铁行业案例

工业是中国主要的能源消耗和污染排放行业，2005 年工业能源消费量约占全国能源消费总量的 70%，2005 年钢铁工业总能耗占全国工业总能耗的 15%，钢铁工业是节能减排的重点领域，也是完成国家节能减排目标的工作重点。中国钢铁企业能源成本约占总成本的 20%~30%，加强能源管理，提高能源利用效率是降本增效、减轻环境压力、提高企业竞争力的有效措施。对钢铁企业这样的排放大户（2005 年，钢铁企业 CO_2 排放量约占全国 CO_2 排放总量的 9%，废水排放量占全国工业废水排放总量的 14%，固体废弃物排放量占全国工业固体废弃物排放总量的 17%），节能减排工作不只是一个经济问题，从某种意义上说，这关系到企业的生存。推进节能减排工作、确保环境友好也是钢铁企业的社会责任，是钢铁工业可持续发展的需要。

5.1.1 试点情况

5.1.1.1 企业概况

山西省某钢铁（集团）公司始建于 1934 年，是以生产板材为主的特大型钢铁联合企业和中国最大的不锈钢生产企业，也是世界不锈钢八强企业之一。现已形成年产 1000 万 t 钢（其中 300 万 t 不锈钢）的生产能力，综合实力位居国内钢铁行业前列。

该企业属于长流程工艺类型的企业，主要生产工艺有焦化、烧结、球团、炼铁、炼钢、轧钢等。其中热连轧厂，是华北第一条热连轧带钢生产线，是经国务院批准的原冶金部和山西省重点工程。热连轧厂主体设备由4座步进加热炉、1架带附属立辊的四辊可逆式粗轧机、7架四辊精轧机组、1台全液压卷取机和1台气动卷取机组成，达到了国内同类轧机先进水平，世界较先进水平。机械液压润滑系统由奥钢联设计，电气、计算机和仪表控制系统由西门子设计，采用了具有国际水平的液压弯辊和窜辊装置及液压AGC（自动厚度）、AWC（宽度控制技术）技术。热连轧厂的产品行销全国各地，并出口到东南亚和欧洲地区。

能效对标组专家来到企业，与企业领导及其他管理人员进行了交流。通过了解能效对标项目、能效对标方法及能效对标管理能为企业带来的益处，厂家领导明确表示了对项目的支持。同时项目组专家了解到，热连轧厂生产工艺相对先进且简单、能耗点突出，能源消耗时间连续、消耗的种类较多，能耗计量条件较好、统计真实等，遂确定热连轧厂为项目试点企业，并协助企业成立了以高层领导为组长的BMT团队，相关的部门负责人均为团队成员。

5. 1. 1. 2　主要产品及生产工艺

热连轧厂产品主要有碳结钢、优碳钢、低合金钢、管线钢、石油套管、气瓶钢、汽车用钢、集装箱板、耐候钢、花纹板、不锈钢、无取向硅钢等热轧卷板。2006年的热轧带卷总产量为3 261 447. 97t，2007年为3 268 045. 32t，2008年为2 797 928. 71t。产品的详细种类及规格见表5-1。

表 5-1　热连轧厂主要产品表

设计产量/万 t	最高产量/万 t	主要产品品种	热轧带卷规格
135	326.8（2007 年）	碳结钢板、优碳钢板、低合金钢板、管线钢板、石油套管板、气瓶钢板、汽车用钢板、集装箱板、耐候钢板、花纹板、不锈钢板、无取向硅钢板	厚度：1.5 ~ 12.7mm 宽度：980 ~ 1380mm 钢卷内径：762mm 最大外径：1.87m 最大卷重：20.2t

热连轧厂生产过程为各种原料钢坯被推入加热炉，经过加热，由辊道输送到粗轧除鳞，再进入可逆式粗轧机轧制，后经飞剪去头、尾，进入精轧机组轧制，最后进入卷取机，产出带钢成品卷。工艺流程见图 5-1。

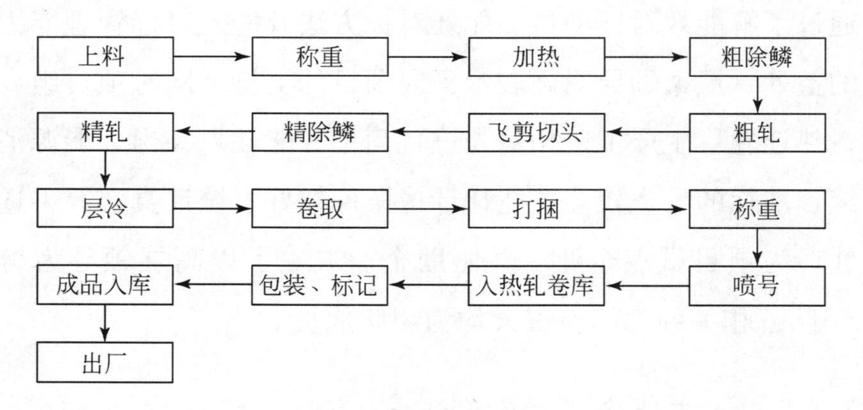

图 5-1　热连轧厂热轧卷板生产工艺流程图

5.1.1.3　对标实施过程

项目组收集了 2006 ~ 2008 年热连轧厂的年产品月度数据、月度能耗数据和子工序（加热工序、粗轧工序、精轧工序、卷曲工序）月度能耗数据，采用钢铁行业常用的能源强度指标（吨钢耗煤气、吨钢耗电、吨钢耗循环水、吨钢耗压缩空气）和热装率进行热连轧工序的指标对标及E-P图分析。该企业热连轧工序能耗指标与国内、国际标杆值见表5-2。

表5-2　热连轧工序能耗指标与国内、国际标杆值

指　标	热连轧生产指标2008年水平	国内热连轧生产指标先进水平	国际热连轧生产指标先进水平
吨钢耗煤气/(GJ/t)	1.59	1.40	1.30
吨钢耗电/(kW·h/t)	100.79	91.89	90.00
吨钢耗循环水/(m^3/t)	44.32	38.92	35.00
吨钢耗压缩空气/(m^3/t)	18.00	14.13	12.00
热装率/%	42	70	80

注：热装率指未经过冷却直接进入轧钢工序的钢坯与进入轧钢工艺总钢坯数的比值；国内热连轧工序能耗指标选自2008年《中国钢铁业杂志》，国际热连轧工序能耗指标选自2008年《钢铁研究》期刊。

E-P图中E为energy的首字母，表示能源消耗；P为production的首字母，表示产量。E-P图描绘的是能源消耗量与产量之间的关联关系。可以用于分析任何与产出数量相关的投入产出关系。

进行E-P图分析，能源消耗量和产量数据的真实性、合理性是分析结果具有科学性、解释性的前提。项目组通过现场察看，发现了如下问题。

(1) 能源统计计量

三年间耗煤气、电、循环水、压缩空气的数据与热轧产品产量的对应数据，企业均未进行分材质、分规格、分设备的统计，因不同的产品轧制过程的能源消耗与产量均存在较大差异，多品种同时统计，会造成统计分析中产生分散点及奇异点，这将对分析结果产生一定的影响。

（2）产品堆放

在钢坯堆垛时，按产品生产计划顺序堆垛的规划较差，到垛作业使用磁力吊车较频繁，从而造成电耗上升。

（3）钢坯热装率

因轧制的产品材质、规格随市场合同变化较大，钢坯热装率较低，最低时约为30%，较高时为50%～60%。

（4）循环水

现场部分支路及阀体存在泄漏现象，在轧线部分时间段未生产时循环冷却水仍在消耗，没有自控调节装置。

（5）压缩空气计量

只有一块总计量表，缺乏各用气支路的单独计量仪表，且计量仪表准确性较差。

（6）生产过程

加热炉存在产生变形废坯现象、粗轧存在钢坯跑偏废料现象、轧线部分时间段未生产时轧机设备空转等问题。

E-P 图分析也在一定程度上反映了上述问题。

2006 年、2007 年和 2008 年钢产量（热轧带卷）与耗煤气量间的拟合曲线的 R^2 值分别为 0. 6780、0. 8286 和 0. 8140。热装率低、热轧不同材质产品时设备待机时间长等都影响到 R^2 值。

2006 年、2007 年和 2008 年钢产量（热轧带卷）与耗电量间的拟

合曲线的 R^2 值分别为 0.9715、0.8767 和 0.6100。热轧不同材质产品时，换辊及设备空转待机时间增加，不同材质产品所消耗的电能的差异都影响到 R^2 值。

2006 年、2007 年和 2008 年钢产量（热轧带卷）与耗循环水量间的拟合曲线的 R^2 值分别为 0.5300、0.4642 和 0.7509。这三年水耗数据可控性差，主要是浊环、旋流井水量变化较大。

2006 年、2007 年和 2008 年钢产量（热轧带卷）与耗压缩空气量间的拟合曲线的 R^2 值分别为 0.0058、0.0512 和 0.1308。R^2 值非常低，数据点分布过于分散，说明对压缩空气消耗量已经失去控制。

对热连轧重点耗能工序的 E-P 图分析也反映了能源消耗的一些问题。

（1）加热工序

2006 年、2007 年和 2008 年加热工序煤气耗量与加热钢坯量间的拟合曲线的 R^2 值分别为 0.6790、0.8258 和 0.8134。较低的热装率，轧制不同材质产品时设备待机时间长等原因都影响到 R^2 值。

2006 年、2007 年和 2008 年加热工序电耗量与加热钢坯量间的拟合曲线的 R^2 值分别为 0.8934、0.8861 和 0.5917。2006 年、2007 年的电耗数据基本合理，电耗控制稳定。2008 年数据点的分散变化与加热炉检修次数增加、部分喷嘴损坏、调装钢坯量增加等因素有关，从而使部分时间段电耗上升。

2006 年、2007 年和 2008 年加热工序循环水耗量与加热钢坯量间的拟合曲线的 R^2 值分别为 0.6547、0.7231 和 0.8154。2006 年、2007 年的 R^2 较低，水耗数据可控性较差，主要是步进式加热炉底冷却系统及出钢导轨使用周期较短泄漏量较大。2008 年 R^2 较高，水耗控制基本趋于稳定，分散数据点主要与局部泄漏与蒸发量较大有关。

（2）粗轧工序

2006年、2007年和2008年粗轧工序电耗量与热轧带卷产量间的拟合曲线的R^2值分别为0.8930、0.8878和0.8154。三年的R^2较高，能耗数据基本合理，电耗控制稳定，个别分散数据点主要是因钢坯跑偏造成的能耗上升导致的。

2006年、2007年和2008年粗轧工序循环水耗量与热轧带卷产量间的拟合曲线的R^2值分别为0.6547、0.7231和0.8154。三年的R^2较低，水耗数据可控性较差，主要与冲渣水量变化较大有关。

（3）精轧工序

2006年、2007年和2008年精轧工序电耗量与热轧带卷产量间的拟合曲线的R^2值分别为0.8930、0.8878和0.5910。2006年、2007年的R^2较高，能耗数据基本合理，电耗控制稳定。2008年的R^2较低，主要是因轧制不同材质及规格的产品周期短、换辊较频繁，从而造成设备空转时间增加，能耗上升。

2006年、2007年和2008年精轧工序循环水耗量与热轧带卷产量间的拟合曲线的R^2值分别为0.6549、0.7297和0.8154。2006年、2007年的R^2较低，水耗数据可控性较差，主要与冲渣水量变化较大有关。同时其冷却水量采用常开无调节方式，损耗也较大。2008年的R^2较高，水耗数据控制性较好。

5.1.1.4 目标设定

调研收集的外部标杆数据与热连轧厂情况不符合，主要原因是该企业生产的产品比较多，受市场影响，生产调度比较频繁，热装率指标不稳定，因此无法与外部标杆对比分析，所以主要采用内部对标分析来设定目标。热连轧厂提供了2006年、2007年和2008年三年的生产数据，对这三年的数据都进行了处理和分析，2007年生产相对均衡和稳定，因此采用2007年的数据作为内部对标分析的依据。

以2007年平均能源强度值作为短期目标，以2007年最好的月份能源强度值作为中期目标。短期目标应在一年内达到，中期目标应在三年内完成。该企业热轧厂2010年考核指标标杆见表5-3。

表5-3 热连轧厂2010年考核指标标杆表

指　标	2008年能耗水平	2010年考核指标标杆值
吨钢耗煤气/(GJ/t)	1.59	1.45
吨钢耗电/(kW·h/t)	100.79	95.00
吨钢耗循环水/(m^3/t)	44.32	40.00
吨钢耗压缩空气/(m^3/t)	18.00	16.00
热装率/%	42	50

5.1.1.5 改进建议

1）提高钢坯热装率，采用加热炉蓄热燃烧方式，增设中间热卷箱，优化生产调度计划安排，增加生产连续性，减少钢坯过烧现象，加强炉体保温，加强炉体密封，控制空气过量系数，采用空气预热技术，是降低工序煤气消耗的主要途径。

2）减少设备待机时间，降低待机消耗，缩短换辊时间，轧机主电机采用变频装置，增设中间热卷箱减少带坯温降降低轧制电耗，都是降低工序电耗的途径。

3）热轧工序循环水主要有加热炉冷却循环水、除鳞循环水、辊道冷却循环水、冲渣循环水，其中冲渣循环水检修时耗量增加，其余循环水蒸发损失量较大。同时各循环管路受水质磨损腐蚀大、漏点多、损耗大，所以循环水量波动较大。因此降低热轧工序循环水消耗，应加强管路检修、加强浊环水质净化、采用耐磨材质的设备与管路等。

4）热轧工序压缩空气消耗主要是轧线中各种气动机械构的消耗，由于计量不准确、管路及控制阀存在漏点、生产过程的误操作造成的管路损坏等，压缩空气耗量波动大。加强管路检修、加强压缩空气的计量及计量表的校核，是控制工序压缩空气消耗的主要途径。

5.1.2 试点中遇到的问题及解决措施

第一轮下厂开展试点工作后，企业能效对标项目负责人的临时出国，使得项目双方在沟通方面产生困难，项目进展受到影响，尤其对数据的收集工作影响较大。在项目组再次与该企业相关领导协商后，企业在第二轮下厂试点工作前委任该企业能源环保部，能源管理室主任负责该项目的组织工作。

由于该企业在许多关键工艺技术上（尤其是不锈钢）已经达到或者超过国内以至国际的先进水平，所以厂家不愿提供关键的工艺能耗数据，经过项目组与厂家间的反复协商，并签订了保密协议，最终圆满解决此问题，于项目组第二次下厂工作时顺利收集到相关数据。项目组为克服这些困难所采取的措施及努力保证了试点工作的顺利完成。

5.1.3 对标管理方法学改进建议

能效水平对标管理方法学在该企业的实施过程中，因企业大部分计量没有细化到单个设备，所以无法定量分析企业工序中特定因素对能耗变化的影响，只能结合定性分析方法进行分析。建议对标管理方法学应明确应用过程中生产工序的计量条件。

5.2 建材行业案例

某企业是全国千家重点耗能企业之一，总体水平较好，对能源工作非常重视，具有较好的数据基础。在企业领导的支持下，确定了能效对标项目在该企业的实施程序和实施重点，收集了有关数据，为持续改进节能工作奠定了有效的基础。同时，成立了以高层领导为组长的BMT团队，与项目相关的部门负责人均为BMT团队成员，BMT团队的详细情况已填入工作表——BMT团队注册表。BMT团队从主要产品及产量、能源管理、能源消耗、原辅材料、生产工艺技术等方面开始梳理该企业的基本情况。

能效对标项目组专家通过对该企业的调研，对公司的各方面情况有了全面了解，完成了承诺管理表的填写。通过填写这个表单，计算出结果并推断出目前的状况，公司得分为18分，说明管理层承诺力度好。具体来说，政策及体系健全完整、组织、推动因素/动机、信息系统、资料通告/常识/了解程度方面企业均表现出明显的良好现状，而投资方面无非常紧迫的需求。

该企业能源消耗中原煤占企业能源消耗的绝大部分，电在能源消耗中所占的比例极少。

该企业目前使用的原材料主要是石灰石、砂岩、铁粉以及粉煤灰等，由于产品配比属企业保密信息，企业无法提供原材料及废物的月度数据。

该企业主要下设熟料制备车间、水泥制备车间和动力车间等，其中熟料制备车间包括原材料的储存和制备、生料粉磨、熟料煅烧以及煤粉的制备和储存，水泥制备车间包括水泥粉磨和储存，动力车间负责企业的供电、供水、供风、余热发电和冬季供暖，另外兴运公司负责原料的卸车储存和产品包装发运等。

5.2.1 对标项目的实施

根据企业提供的数据，再与中国《水泥企业能耗等级定额》进行对比可以看出，该企业1#线熟料热耗130.62kgce/t，属于及格水平，2#线熟料热耗124.21kgce/t，属于国家二级水平，1#线和2#线熟料热耗相比还有很大的节能潜力。据现场考察和资料收集，水泥厂主要的用电设备由破碎机、球磨机、风机三种，这三种设备占整个水泥厂耗电量的98%以上，其中破碎机、球磨机在水泥行业中占耗能的70%，风机占整个能耗的20%左右。通过节能处理可以实现风机30%的节电率，球磨机5%以上的节电率，但该企业1#线水泥磨电耗超过40kW·h/t，与国内外数据相比还有一些差距，电机设备还有很大的节能空间。

同时，考虑该企业能源计量设备、报表的统计情况以及与国内数据进行分析对比，经过项目组行业专家与企业技术人员的讨论，参考

2005～2007年度数据，并与国内有关数据进行了分析后，建议设立以下内部标杆：熟料综合煤耗、水泥综合电耗。

具体能耗指标见表5-4。

表5-4 2006～2007年能耗数值

序　号	指　标	2006年	2007年
1	熟料综合煤耗/(kgce/t)	127.63	117.62
2	水泥综合电耗/(kW·h/t)	108.82	104.94

5.2.1.1 国内标杆的选取

项目组汇同水泥行业专家，在水泥行业内进行充分的调研分析，在最初拟选择的国内最佳实践案例数据源（《能源发展“十一五”规划》第四章节能与环保中规定的主要产品单位能耗指标（表5-5）；《水泥工业发展专项规划》；《水泥单位产品能源消耗限额（GB16780－2007）》等）中，确定了行业最佳实践数据，见表5-5。

表5-5 国内外对标考核能耗指标先进水平及平均数值

项　目	生产线	国际先进水平	国内先进水平	全国平均水平
熟料综合煤耗/(kgce/t)	1 000～2 000t/d（含1 000t/d）	108	115	130
	2 000～4 000t/d（含2 000t/d）	104	108	118
水泥综合电耗/(kW·h/t)	1 000～2 000t/d（含1 000t/d）	89	100	110
	2 000～4 000t/d（含2 000t/d）	83	90	100

注：表中国际先进水平、国内先进水平和全国平均水平数据由中国建材联合会和天津水泥工业设计研究院有限公司（TCDRI）提供。

表5-5中数据主要是对中国海螺集团等大型水泥集团所属水泥厂综合考查的结果，对企业来说有很好的参考价值和对标意义。

5.2.1.2 国际标杆选取

项目组收集了来自欧盟各种标杆项目的最佳实践案例数据，并与企业的数据进行比对，详见表5-6和表5-7。

表5-6 企业窑系统燃料消耗及国际杆值

	能源消耗——熟料烧成	最终能源强度	
		kgce/t	MJ/t
国际标杆	干法，旋风预热器回转窑	105.8～143.3	3 100～4 200
企业	1号窑（2007年）	117.6	3 447
	2号窑（2007年）	104.9	3 076

表5-7 企业水泥生产电耗及国际标杆值

	能源消耗——电	最终能源强度	
		kgce/t	MJ/t
国际标杆	原料制备	2.9～4.3	24～35
	窑的传动装置、鼓风机、风扇	2.7～3.1	22～25
	精磨	3.1～8.6	25～70
	总电耗	8.7～16	71～130
企业	1号窑	12.9	105

5.2.1.3 设立目标

该企业是一个拥有日产2000t和日产2500t水泥熟料两套生产线，工艺装备先进、具有年产200万t水泥综合生产能力的水泥企业。企业能源成本超过40%，通过设备更新和技术创新与有效投资的结合，各工序能耗指标不断改善，吨水泥综合能耗逐年下降，能效水平较高。通过试点研究，项目组协同企业确定将熟料综合煤耗及水泥综合电耗作为企业未来绩效评估考核的指标，并为2010年设定了合理的标杆数值，见表5-8。

表5-8　企业2010年拟定标杆数值

项　目	2010年企业拟定标杆值
水泥综合电耗/(kW·h/t)	≤100
熟料综合煤耗/(kgce/t)	≤105

5.2.1.4　目标差距分析以及能源效率改进建议

针对企业目前的状况，与标杆尚有一定差距，通过与企业共同分析探讨，差距主要存在以下几个方面：

1）本身生产线的问题。还有一些低效率的设备在使用。

2）能源计量问题。考虑的成本，企业的计量设备不完全。

3）对两条线的余热改造还没完成。

4）能源的整体优化没有达到。

5）煤质问题。南北方或者企业与企业之间还存在很大差异，导致煤耗等也相应提高。

6）能源管理问题。能源制度不是很完善，还需要进一步规范。

针对以上差距，建议从以下几个方面进行改善：

1）加强能源管理以及分级利用。在已有制度基础上建立能源监测检查办法，依法进行管理。研究有效的能源管理机制，对能源消耗实行集中统一管理，实现能源调度的自动化，与生产调度系统有机协调，促进生产过程的整体优化。

2）水泥厂能效管理主抓工序，不是按设备走，因为100kW以上的电机太多了，对标可采用按工艺走，立窑对立窑，干法对干法。同时，车间能源管理还需细化，建立健全三级计量仪表配置，提高大型高压电机功率因数等，为下一步实施工序能耗对标提供基础条件。

3）水泥产品对标要考虑品种不同，添加物不同，配比配方不同，原材料不同，能耗就都不同。折算对标，换成可比的统一数据就比较重要。

4）大力推进节能技术进步。建议对炉窑进行综合节能技术改造，优化燃烧控制，减少窑炉的热损失，推广应用新技术，提高窑炉热效率。充分利用水泥熟料生产过程中产生的余热资源，实施纯低温余热发电技术，提高自发电比例，实现取暖余热化、无煤化。建议进行工艺改进，如自动化、操作优化等，也是提高能效最有效的措施之一。

5）在供电、输配电、用电系统，积极应用节电产品和节电技术。优化变压器的运行方式，应用高效电机，采用变频调速等节能技术提高用电效率；采用动态无功补偿技术，提高系统功率因数，抑制谐波；使用绿色照明，采用高效光源、高效灯具替代白炽灯等。

6）对没有改造潜力、规模偏小的生产线和装备加快淘汰步伐。

5.3 化工行业案例

盐是化学工业的基础原料，工业盐有“化工之母”之称，食盐是人类生活的必需品。根据盐矿资源的不同，盐可分为海盐、湖盐和井矿盐。海盐占原盐总产量比例为65%左右，井矿盐占28%左右，而湖盐仅占7%左右。

中国海盐经过几千年的发展，到21世纪初，占中国原盐产量的65%，位居世界第一。

中国岩盐矿床分布广泛，在四川、重庆、云南、江苏、山东、浙江、湖南、湖北、江西、河北、广东、山西、甘肃、宁夏、新疆等地均探获了岩盐矿床。至2004年底，中国井矿盐产能达到1300万t，占原盐总产量的28%左右。

中国是世界上多盐湖的国家之一，盐湖具有多、大、富的特点。新疆、内蒙古、青海盐湖数量最多；约占全国盐湖总数目的80%，其成盐面积约占中国盐湖面积的90%，构成中国盐湖分布最密集的地区。

5.3.1 试点情况

5.3.1.1 企业概况

某企业是“八五”期间建起的一座大型现代化制盐企业，由中国盐业总公司控股、河南省盐业公司参股，是国家最大的食盐生产定点企业。下属有盐化有限责任公司、采输卤厂、检测中心、技术中心等10个二级单位，总资产有9.87亿元。

井矿盐生产工艺一般采用多效真空蒸发，生产原料一般为天然卤水和岩盐溶采的卤水。该企业是国内最早采用世界上最先进的四效蒸发反循环制盐工艺的企业，年产盐产品180万t以上，生产能力居全国前列，在井矿盐行业具有代表性。

能效对标项目组专家来到企业，与公司领导及其他管理人员进行了交流，通过了解能效对标项目、能效对标方法以及能效对标管理能为企业带来的益处，公司领导明确表示了对项目的支持。

项目组专家了解到，该企业能源管理机构已初步建立，能源管理制度比较规范，能源计量器具配备情况较好，能源消耗数据统计工作较好，为能效对标工作的开展提供了基础保障。因为该企业下属部门较多，全面开展对标管理过于复杂，所以项目试点工作在该企业重要的生产部门之一盐化公司开展。

5.3.1.2 主要产品及生产工艺

盐化公司有两条设计生产能力为60万t/a制盐生产线，配套安装3×6MW背压机组，两台65t/h循环流化床锅炉和两台75t/h循环流化床锅炉。公司主要原材料消耗为原卤，辅助原材料为碘酸钾、亚铁氰化钾。公司的采输卤厂设在叶县田庄乡，共有28口卤井。2006年和2007年公司主要产品为干工业盐和湿工业盐，2008年主要产品为散仓干盐、散仓湿盐和碘盐。

盐化公司采用的真空制盐工艺按照生产过程可大致分为以下六个系统。

(1) 原料卤水预热系统

制盐的原料卤水由原卤池流入混合卤池。混合卤池的原卤经注水器供给混合卤泵，再由混合卤泵送入卤水浓缩器进行预热。

经过预热的卤水并流入一、二、三、四效蒸发罐下循环管完成蒸发罐进料过程。

(2) 蒸发系统

经过预热的混合卤水并流入一、二、三效蒸发罐下循环管。制盐料液在蒸发罐加热室内循环加热蒸发浓缩析盐，当盐浆达到一定体积浓度时，从一效蒸发罐盐脚顺流排入二、三、四效蒸发罐下循环管，在四效蒸发罐中盐浆达到排盐的体积浓度时，从盐脚自流排到排盐缓冲桶内。

（3）冷凝水系统

一至四效蒸发罐的加热室是蒸发系统的主要换热设备，生蒸汽和各效排出的二次蒸汽在各效加热室进行换热后，被冷凝为冷凝水。各效的冷凝水从加热室下花板出口排出自流入一至四效冷凝水平衡桶。

（4）真空系统

蒸发系统的真空形成是在混合冷凝器，它是将四效蒸发罐排出的二次蒸汽（又称为乏汽）冷凝，由水环真空泵将不凝气排出而形成真空。

四效蒸发罐的顶部排出的乏汽经卤水浓缩器回收热量，在浓缩器加热室未被冷凝的四效乏汽从混合冷凝器下部蒸汽进口进入，卤水在浓缩器中经循环换热在蒸发室进行非沸腾蒸发，排出的二次蒸汽从混合冷凝器上部蒸汽进口进入。

混合冷凝器的冷却水由顶部进入，直接与四效乏汽和浓缩器排出的二次蒸汽进行热交换，换热后的冷却水从混合冷凝器底部的下降管流入热水池。热交换后的冷却水温度升高，热水池中的热水自流入循环热水池经冷却塔冷却后由循环水泵送入混合冷凝器顶部循环使用。

混合冷凝器顶部排出不凝气由水环真空泵抽出排入大气。卤水浓缩器的加热室热交换中乏汽被凝结的冷凝水自注入热水池。水环真空泵的冷却水使用后流入热水池。

(5) 脱水干燥系统

四效蒸发罐盐脚排出的盐浆自流入洗盐器。盐浆在洗盐器经卤水淘洗后由洗盐泵送去盐浆增稠器中增稠后，溢流液自流入洗盐器。

盐浆经离心机脱水后排出的湿盐经导料横落在湿盐胶带运输机上。由胶带输送机送入干燥流化床进行干燥，离心机分离出来的母液自流入母液桶。湿盐经干燥床热床端干燥除去水分，所得的干盐在干燥床出口经冷床鼓风机送入的冷风冷却后从干燥器送出。干盐经振动筛筛分的成品盐经干盐皮带送去包装，大块盐从接料槽送入化盐池溶解加收制盐。

(6) 事故处理及密封水系统

制盐车间停车时，将一至四效蒸发罐中的料液由事故泵抽入事故桶。开机时用事故泵将料液从事故桶抽入蒸发系统。

杂水桶的水源主要是冷凝水。制盐停车洗罐时用事故泵将杂水桶内淡盐水先送入一效蒸发罐，顺流转入二、三、四效洗涤，洗罐水较浓时用于制盐，洗罐水盐含量较低排入杂水桶和废水桶用于注井。

5.3.1.3 对标实施过程

为顺利开展试点工作，盐化公司成立了以高层领导为组长的 BMT 团队，与项目相关的部门负责人均为 BMT 团队成员。

盐化公司主要能源消耗为原煤，并外购部分生产用电。公司采用热电联产系统，工艺流程中全部原煤都用于饱和蒸汽的生产，其中一部分主蒸汽通过减温减压后供制盐工段使用，一部分蒸汽进入自备的 3 台 6MW 的背压发电机组发电，乏汽由供热管网送至制盐工段供生产使用。公司在计量消耗数据时，并未按产品类型分别进行，因此为了使用2006～2008年的历史数据分析产品产量和消耗量之间的关系，只能针对总产量进行分析。

项目组选择了真空制盐工序的耗汽、耗电、耗白水和热电工序的耗煤作为“对标管理”的重点指标，基于已经收集的数据，计算能源强度指标（吨盐耗蒸汽、吨盐耗电、吨盐耗白水、吨汽耗标煤）。

根据调研，国内盐行业企业差别较大，表5-9中的指标是由中国盐业总公司提供的国内企业消耗水平较好指标。

表5-9　国内制盐企业能耗指标标杆值

指　标	指标标杆值
吨盐耗蒸汽/(t/t)	1.044
吨盐耗电/(kW·h/t)	71.91
吨盐耗白水(新鲜水)/(t/t)	差别太大，无适用数据
吨盐耗标卤/(t/t)	11.168
吨蒸汽耗标煤(热电联产)/(kgce/t)	130～150

盐化公司生产工艺为四效蒸发真空制盐工艺，而目前国外流行的工艺为六效蒸发工艺，因生产工艺不同，无法获得有效的外部标杆。

依据所掌握数据，将厂家分为制盐过程及热电联产两部分，利用E-P图分析能源消耗量与产量之间的关系。其中，依据产盐总量所消耗的电量、蒸汽量及白水量分析制盐过程的能耗控制水平；依据蒸汽产量所消耗的标准煤量分析热电联产过程的能耗控制水平。

盐化公司2006～2008年制盐耗汽量—盐产量E-P图的分析结果R^2为0.9938，蒸汽控制趋近完美，公司实行的制盐耗蒸汽考核指标为每吨盐/t汽盐，实际生产中各月均能完成该指标。

盐化公司2006～2008年制盐耗电量—盐产量E-P图的分析结果

R^2 为0.9656，电量控制得较好。

盐化公司2006年、2007年和2008年制盐耗白水量—盐产量E-P图的分析结果 R^2 值分别为0.8496、0.2148和0.4894。与2007年、2008年相比，2006年制盐耗白水控制状况较好，但由于当年有新生产线投入试运行，月产量与能源消耗量均不稳定，分析结果无法说明问题。2007年和2008年 R^2 值非常低，数据点分布过于分散，说明制盐耗白水量基本无控制，产量相似白水消耗相差较大的月份多次出现。公司的考核指标中没有列入制盐耗白水量，制盐耗白水量控制较弱，有极大改进潜力。

盐化公司2006年、2007年和2008年产汽耗标煤量－蒸汽产量间E-P图的分析结果 R^2 值分别为0.8720、0.7345和0.8437。因2006年有新生产线投入试运行，同时新增2台锅炉，当年的月产量与能源消耗量均不稳定，不具备分析价值。2007年及2008年 R^2 值较低，两年的理论单耗（吨蒸汽耗标煤）均高于考核指标（0.14tce/t），产汽量相似标煤耗相差较大的月份多次出现。公司产汽耗煤有较大改进潜力，尤其是燃煤质量对消耗状况影响很大。

5.3.1.4 目标的设立

项目组调研收集的外部标杆数据与盐化公司情况不符，因此外部对标无法分析，主要采用内部对标分析来设定目标。公司提供了2006~2008年三年的生产数据，这三年的数据都进行了处理和分析，但2006年和2008年生产不稳定，而2007年生产相对均衡和稳定，因此采用2007年的数据作为内部对标的依据。

以2007年平均能源强度值作为短期目标，以2007年最好的月份能源强度值作为中期目标。短期目标应在一年内达到，中期目标应在三年内完成。盐化公司2010年考核指标标杆见表5-10。

表5-10　盐化公司2010年考核指标标杆表

工艺A	2007年平均能源强度	减少能源强度的潜能		范　围		目　标	
		2007年最好的月份	外部标杆	最　低	最　高	短　期	中　期
吨盐耗汽量/(t/t)	1.000 956	0.995 319	1.044	0.995 319	1.000 956	1.000 956	0.995 319
潜在减少量/%	—	-0.56	4.30	-0.56	0.00	0.00	-0.56
吨盐耗电量/(kW·h/t)	38.722 55	37.386 74	71.91	37.386 74	38.722 55	38.722 55	37.386 74
潜在减少量/%	—	-3.45	85.71	-3.45	0.00	0.00	-3.45
吨盐耗白水量/(t/t)	0.474 456	0.385 154	—	0.385 154	0.474 456	0.474 456	0.385 154
潜在减少量/%	—	-18.82	—	-18.82	0.00	0.00	-18.82
吨汽耗标煤量/(t/t)	0.142 229	0.119 78	—	0.119 78	0.142 229	0.142 229	0.119 78
潜在减少量/(%)	—	-15.78	—	-15.78	0.00	0.00	-15.78

5.3.1.5　改进建议

煤耗为盐化公司主要的能源消耗，针对耗煤量过大的问题，盐化公司实施了节煤改进方案，成立了节煤领导小组和节煤管理小组，设立煤场管理员，负责到场原煤的计量、分区仓储、配煤、铲车管理、石沫配比、煤质监督等工作。由设备动力部负责监督日常设备管理工作并督促节煤项目的实施。为便于管理及分析比对，建立了定期报告制度。

另外，对原煤采购、煤质检测和炉前煤的煤质检测制订了具体要求，并制订了不定期复检制度和在煤场粉碎机位置安装在线监测装置。

项目组就对标分析过程中发现的问题与盐化公司进行了交流，认为可在以下方面实施改进：

1）加强现场管理。生产现场有设备腐蚀现象，跑冒滴漏较多，通过加强现场管理，可减少设备损坏，降低能源物料消耗，削减污染物的产生。

2）加强用水管理。盐化公司节水潜力较大，建议制订白水消耗的绩效考核指标，节约水资源。

3）加强能源消耗计量。对标分析是以能源消耗数据为基础的，加强对重点耗能设备的计量，通过对数据的分析，可发现改进潜力，提高节能管理工作的水平。

5.3.2 试点中遇到的问题及解决措施

该企业及其下属的盐化公司对节能工作非常重视，企业自身具有完备的能耗管理体系，基础资料齐全，制度完善。企业对项目组的工作非常支持，提供了项目组所需的数据资料。管理人员和技术人员对新鲜事物具有浓厚的学习兴趣，很快掌握了对标方法学，并应用于生产数据的分析，发现了生产中存在的问题，利用对标方法改进了企业的管理。

5.3.3 对标管理方法学推广建议

在实施该对标试点项目的过程中，主要应用了内部对标的方法，而外部对标因国内标杆和国外标杆的不完善，其对标效果不佳。为了在制盐行业推广对标管理方法学，建议收集更多的制盐企业消耗数据，确定行业标杆，可以为制盐行业的对标管理提供更多的外部对标参考数据。

5.4 纺织行业案例

近年来，中国纺织行业由入世后高速增长的释放期，回归到正常增长期。尽管受到人民币升值、出口退税率调整、生产要素价格上涨等诸多因素影响，以科技进步和自主品牌建设为重点的产业结构调整和产业升级仍稳步推进效果正逐步显现，行业各项经济指标继续保持稳定、健康的增长态势，运行质量和效益继续稳步提高，综合竞争力有所提升。

5.4.1 试点情况

5.4.1.1 企业概况

某企业是中国生产化纤纺织原料的大型一类企业，是全国520家重点企业和河南省30家重点企业之一。企业始建于1960年，1965年建成投产。建厂初期年产粘胶人造丝2000t和粘胶短纤维3400t，经过四十多年发展、改造和扩建，企业规模不断壮大。目前企业拥有亚洲最大的粘胶长丝连续纺生产线和当今世界最先进的氨纶连续聚合干法纺丝生产线，企业化学纤维年生产能力已达到11万余吨，主导产品粘胶人造丝生产能力居世界前列。

该企业主要产品有粘胶人造丝、粘胶短纤维、氨纶纤维、合成纤维四大系列几十个品种，其中粘胶人造丝和粘胶短纤维荣获省优、部优、“中国名牌产品”和“河南省重点保护产品”称号。产品行销全国，远销日本、韩国、东南亚、西亚、西欧及北美等十几个国家和地区。

该企业的生产工艺比较先进，代表了国内纺织行业的先进水平。企业能源管理机构已初步建立，能源管理制度比较规范，能源计量器具配备情况较好，企业能源消耗数据统计工作较好，为能效对标工作的开展提供了基础保障。

由于金融危机导致订单大幅度减少，该企业 13 个生产车间中的大半已经停产。正常生产运转的车间中，只有建于 2002 年的长丝八厂计量设备齐全，相应统计数据完备，因此在与企业工作人员交流协商后，选择长丝八厂作为本次对标试点对象。

5. 4. 1. 2　主要产品及生产工艺

该企业长丝八厂的主要产品为粘胶人造长丝，2007 年、2008 年产品产量分别为 6251. 16t 和 6074. 37t。

长丝八厂的主要原材料消耗为棉短绒，辅助原材料为硫酸、烧碱、二硫化碳等，采用粘胶纤维连续纺生产工艺，生产工艺流程如图 5-2 和图 5-3 所示。

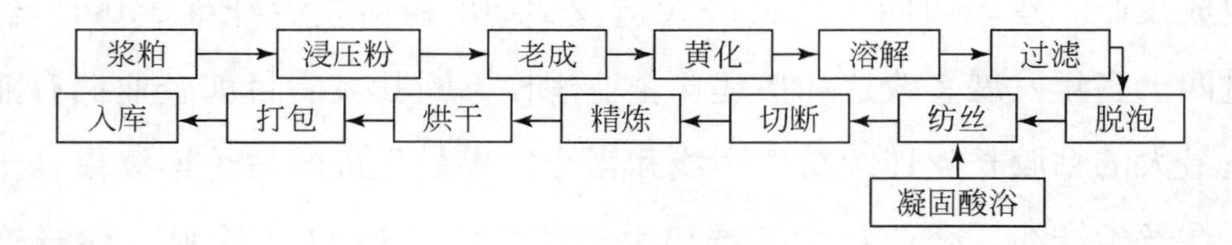

图 5-2　棉浆粕生产工艺流程示意图

具体工艺如下。

按照棉短绒配比，根据生产情况备料，由开棉机将棉短绒开松后

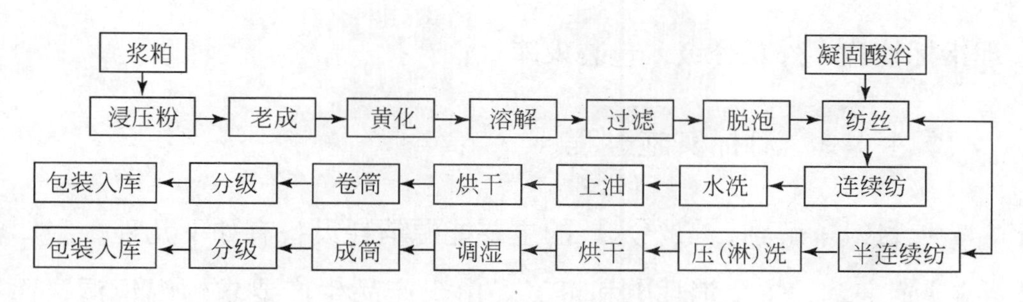

图 5-3 粘胶人造丝生产工艺流程示意图

用风送到蒸球内，同时加碱进行预浸后蒸煮，降低纤维素的聚合度。蒸煮后进行黑液挤压。用打浆机对纤维进行横向切断，纵向帚化后，进行网带洗浆，洗去纤维中的灰分，然后除杂提纯，进行浆料漂白增加白度，调整聚合度，经浓缩、精制、再除杂后，送去抄浆、烘干、打包入库。

浆粕由电梯运到投料间后，投入浸渍桶，加碱、水混合搅拌，通过压榨机压掉多余的碱、水，溶出半纤。再用粉碎机将浆粕粉碎成小颗粒状。通过老成箱（鼓）降低聚合度。将计量的碱纤维素与二硫化碳作用，在 R152 型黄化机和 R284 溶解机内，生成能溶于稀碱液的纤维素黄酸酯。在放置熟成阶段经过多次混合、过滤、脱泡制成合格粘胶，用泵输送到纺丝机纺丝。

连续纺的纺丝精炼都在纺丝机上进行，粘胶经计量泵进入酸浴槽内，从喷丝头喷出形成丝条，经抽伸、拉伸定形后在大圆鼓上水洗、上浆（油）、烘干。卷绕成筒。经过物理指标检验、外观分级工序，包装入库。

半连续纺的粘胶经计量泵进入酸浴槽内，从喷丝头喷出形成丝条，经抽伸、凝固拉伸、去酸水洗后进入高速旋转的离心罐，纺成规定重量的丝饼。丝饼在压（淋）洗线上进行精炼处理，去除丝条上残留的各种杂质，上油后进行脱水、烘干、调湿。卷绕成筒。经过物理指标检验、外观分级，包装入库。

5.4.1.3 对标实施过程

项目组了解到，长丝八厂的主要能源消耗设备有如下几种。

1）空调，主要消耗电和蒸汽。由于产品生产要求恒温恒湿，而且生产过程中有有害气体产生，要根据产品不同调节换气次数，所以，产量的波动与空调的能源消耗没有线性关系，基础消耗占能源消耗的比例较大。

2）烘干机，主要消耗电。产品需要经过烘干、回潮、调湿等手段保持均匀的、一定的含水率。

3）拉丝机，主要消耗电和水。该企业在产品品质等级方面有严格的规定。

由于产品种类多，而且生产需要根据订单的变化，随时对设备进行调整而改变产品的粗细重量，所以对特定产品或设备进行对标难度大且实施过程较复杂。因此，项目组决定采用中国纺织工业协会颁布的折标方法对不同规格产品进行折标后（以120旦为标准）进行对标。

根据调研，国际化纤行业生产设备、生产工艺、产品类别差别较大，长丝八厂主要产品生产系统由国外引进，辅助生产系统由国内厂商配套。其产品生产系统与辅助生产系统能耗各占总能耗的50%，因此其整体能耗指标与国际化纤行业能耗指标可比性较差。另外，因为目前国内除该企业长丝八厂以外的粘胶化纤系统都尚未形成规模，且对于长丝类产品，国家及省市未制定具体的消耗定额，所以难以获得国内外部标杆。

故基于已经收集的生产能耗数据，计算每单位产品产出所用能源，即能源强度（吨长丝电耗、吨长丝汽耗、吨长丝空调气耗、吨长丝脱盐水耗），设立内部标杆。

（1）长丝产量与耗电量

2008 年的单位产品（长丝）耗电夏季考核指标为 1850kW·h/t，冬季考核指标为 1700kW·h/t。2007 年、2008 年平均单位产品（长丝）电耗为 1945kW·h/t。长丝八厂耗电量－产量 E-P 图见图 5-4。

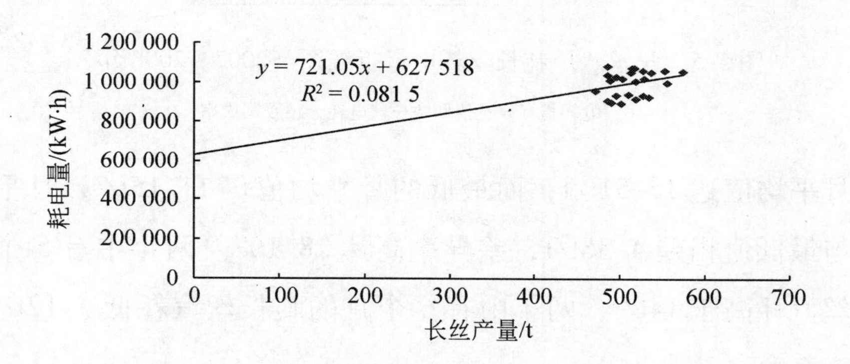

图 5-4　长丝八厂耗电量－产量 E-P 图（2007～2008 年）

由图 5-4 可以看出，数据点拟合度很低，数据点相对集中。在产量相近的情况下（约 490t），耗电量相差约 20 万 kW·h。问题产生的原因是，由于 2008 年经济危机造成产量不饱和，设备能源利用效率不高，并且在生产过程中对设备调控不合理，从而电耗波动较大。

长丝八厂 2007 年、2008 年单位产品（长丝）耗电量基本呈下降趋势（图 5-5），其主要因素在于该厂于 2008 年 4 月份对空调换气次数进行了优化调整，节电效果明显。

（2）长丝产量与耗汽量

长丝八厂 2007 年、2008 年各月的吨长丝汽耗差异明显，其中最

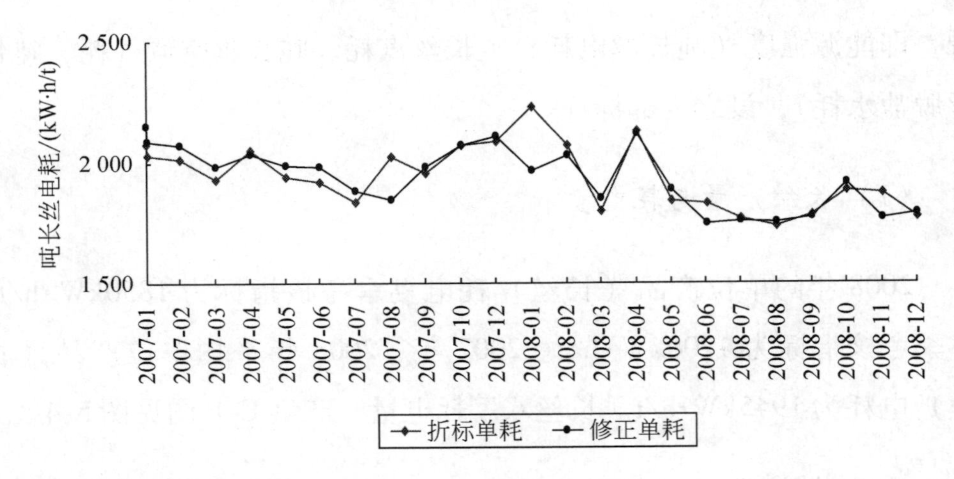

图 5-5 长丝八厂吨长丝耗电量折线图（2007～2008 年）

注：电耗指标修正值即吨长丝电耗×粘胶制成率

高的月平均值达 15. 51t/t，而最低的月平均值仅 11. 15t/t，月平均最高值与最低值相差 4. 36t/t，差异率高达 28. 1%。两年中有 5 个月的吨长丝汽耗高于 14t/t，两年中有 6 个月的吨长丝汽耗低于 12t/t，详见图 5-6。

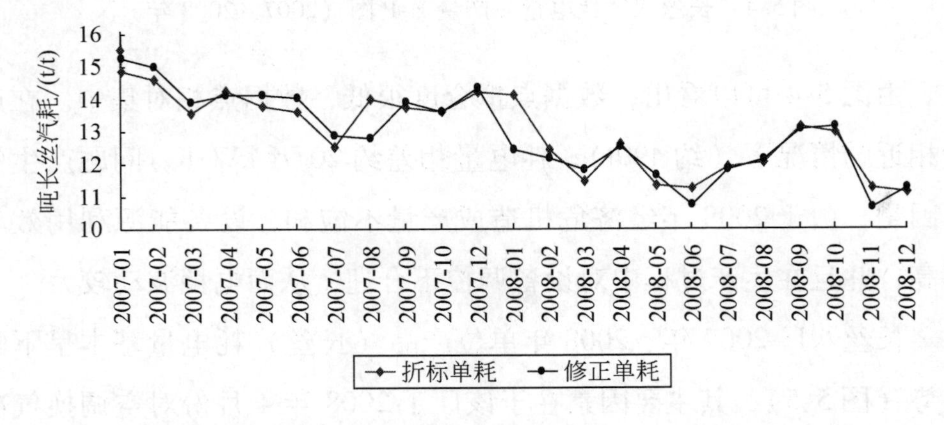

图 5-6 长丝八厂吨长丝耗汽量折线图（2007～2008 年）

在生产情况正常的 2007 年，产量相近的情况下（约 515t），耗汽量相差最多达 16 391t（2007 年 1 月与 6 月）（图 5-7）。通过与厂家技术人员的沟通以及调阅相关数据，项目组发现造成如此高差异的主要原因是季节性的环境温度变化，外部气温是影响吨长丝汽耗指标的主要因素。

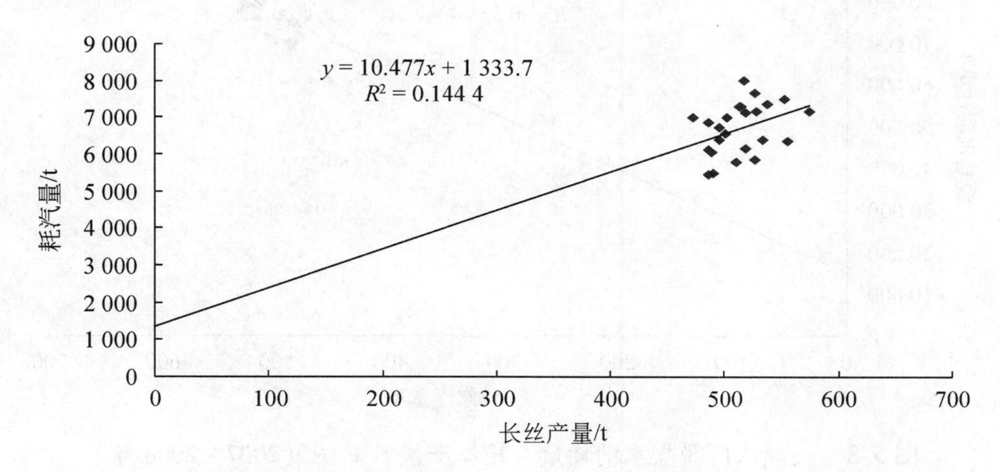

图 5-7　长丝八厂蒸汽消耗量－长丝产量 E-P 图（2007～2008 年）

（3）长丝产量与耗脱盐水量

长丝八厂 2007 年、2008 年单位产品（长丝）耗脱盐水量基本稳定，该厂的单位产品（长丝）耗脱盐水量考核指标为 160t/t，2007 年、2008 年平均单位产品（长丝）耗脱盐水量为 151.48t/t，低于其定额考核指标 160t/t。

由图 5-8 可以看出，数据点拟合度相对较好，盐水消耗量整体管理状况较好，改进空间不大。但是在相似产量下（550t 左右），2007 年 7 月与 2008 年 3 月脱盐水消耗相差约 13 000t。经与企业沟通发现，造成脱盐水消耗差异的原因是产品结构调整，2008 年 3 月生产的高附加值短丝产品脱盐水消耗量较高。

5.4.1.4　目标设定

根据前面的分析主要据内部指标来设定目标。

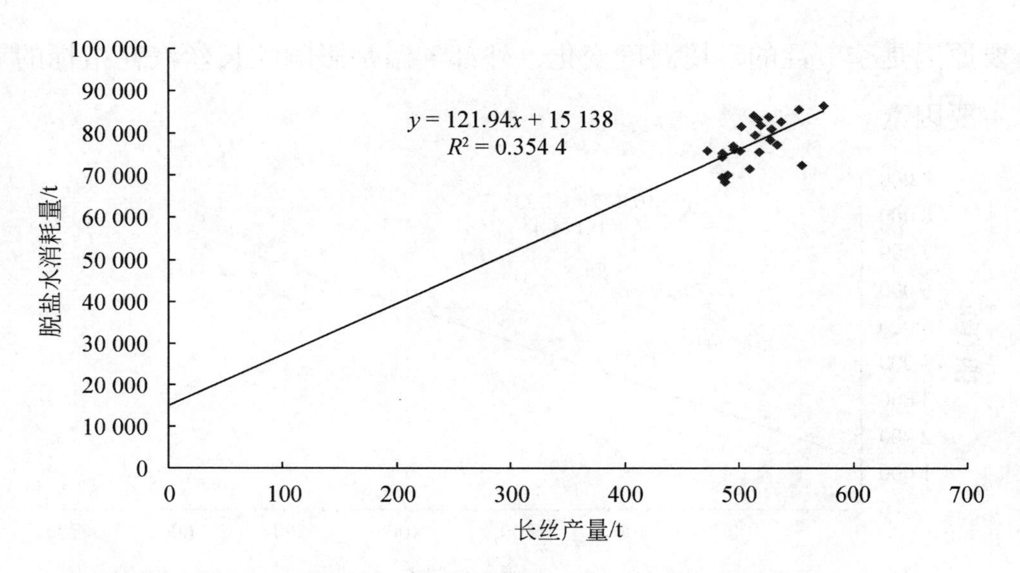

图 5-8　长丝八厂脱盐水消耗量 - 长丝产量 E-P 图（2007 ~ 2008 年）

由于受经济危机影响，2008 年该企业产品产量急剧下降，不能保证正常满负荷生产，从而使得固定消耗占总能耗的比例上涨，无法反映正常的生产能耗情况。所以采用 2007 年的数据作为内部对标分析的依据。以 2007 年平均能源强度值作为短期目标，以 2007 年最好的月份能源强度值作为中期目标。短期目标应在一年内达到，中期目标应在三年内完成。长丝八厂 2010 年考核指标标杆见表 5-11。

表 5-11　长丝八厂 2010 年考核指标标杆表

指　标	目　标	
	短　期	中　期
吨长丝电耗/（kW·h/t）	1 890.00	1 700.00
潜在减少量/%	－0.02	－10.07
吨长丝汽耗/（t/t）	12.12	11.00
潜在减少量/%	－0.03	－9.27
吨长丝空调用汽消耗/（t/t）	16.00	15.00
潜在减少量/%	0.00	－6.25
吨长丝脱盐水消耗/（t/t）	145.76	135.00
潜在减少量/%	0.00	－7.38

5.4.1.5 能源效率改进建议

长丝八厂的生产工艺及主要生产设备均由国外引进，其进一步的节能潜力在于辅助生产系统，如空调节能、冷热空气换热以减少冷、热源消耗等措施。

(1) 空调系统节电

长丝八厂的空调系统已安装了变频高速装置，较其他未实施空调变频调速改造的分厂（车间）空调耗电相对较少。但空调系统的调节目前仍采用人工调节方式，导致部分时段的空调负荷不合理，造成了一定的电能浪费。

建议在生产车间分布设置相关传感器（温度、湿度、气态污染物含量)，并增加控制器形成控制回路，以自动控制替代人工调节，降低空调系统电力消耗。

(2) 冷热空气换热

长丝八厂生产车间的空调系统，在夏季通风换气过程中大量的冷空气直接被换气风机外排至室外，而在冬季的通风换气过程中大量的热空气被换气风机外排至室外，冷、热空气的能量未得到充分利用。

建议应用热管技术，对外排空气与补充进车间的新空气进行不传质换热，以降低空调系统的冷、热源消耗，从而达到节能的效果。

(3) 改高位换气为低位换气

长丝八厂生产车间内所含的有毒有害气体主要为二氯化碳（气态)，其密度大于空气密度，故主要沉积于车间地面高度 1.5m 以下。

现有空调系统的通风换气口一般设置于车间地面高度2.5～3m，对二氯化碳等有毒有害气体的换气效果不佳，且换气耗电量较大。

建议对通风换气口进行调整，降低其高度，以利于提高空调系统的通风换气效率，降低能源消耗。

5.4.2 试点中遇到的问题及解决措施

项目组在开展试点过程中遇到了一定的困难与问题，主要包括以下两点。

1）部分指标（吨长丝耗空调气量）在使用对标方法学过程中存在一定偏差，不符合常规。空调系统是辅助生产系统，其能耗指标与产品产量的关系不大，且受季节变化影响较突出。

2）企业能耗指标的统计方式与相关标准有一定的误差。

针对试点中遇到的问题，项目组通过深入现场实地考察、调阅企业能源消耗及生产运行记录、采用标准方式重新计算相关指标、查阅国内纺织行业资料等方式，对所存在的问题予以解决。

5.4.3 对标管理方法学改进建议

能效水平对标管理方法学在纺织企业的实施过程中，发现其在针对具体的生产设备的运行状态及运行效率方面尚无可靠的实施办法，且针对不同生产工艺或同工艺所生产的不同类型产品等问题，可比性较差。

建议能够针对化纤行业的具体情况对能效水平对标管理方法学进行适当的改进，统一以单位产品生产过程中的能源消耗强度（即单位产品综合能耗、单位产品各项能源单耗）作为统一的对标依据，或者能够通过一定折算标准，对同种产品不同工艺进行折算，增加可比较性。

5.5 有色金属行业案例

近年来，中国黄金生产技术不断提高，企业的实力也在不断增强，黄金工业体制改革也为黄金企业注入了新的活力，这些都在一定程度上促进了黄金的生产。同时，近年来新发现的黄金矿山资源，也为中国成为产金强国提供了保障。随着黄金开采冶炼技术的提高和国内勘探能力的增强，黄金产量的增长趋势不可避免。目前，中国以大型黄金集团为主导、有序竞争、合作发展的新格局正在形成，产业集中度不断提高。国家大力支持黄金企业进一步增强竞争能力和自我发展能力，支持大型优势企业做强做大，鼓励大型黄金企业发挥资金、技术和人才优势，通过并购、重组和联合发展，提高黄金行业的整体竞争力；同时积极支持和鼓励有条件的企业到境外开发黄金矿产资源。

5.5.1 试点情况

5.5.1.1 企业概况

某公司是黄金行业国有高科技股份制企业。公司地处辽宁省，是中国黄金行业第一个实现科研院所与企业有机结合的科技型企业。企业拥有每天处理150t难处理金精矿的生产能力，氧化提金工艺整体水平和各项经济技术指标稳居国际先进水平。

能效对标项目组专家通过在该企业的调研，对公司的各方面情况有了初步的了解：在能源管理制度方面，该企业建立了能源采购管理制度、能源分配管理制度及关键用能设备管理制度等。但该企业在能源计量器具方面较为欠缺，二、三级能源计量器具配备率较低。其能源统计工作受能源计量器具配备不足的影响较大，目前只有针对企业整体的用能统计，各工序、各关键生产设备尚未纳入能源统计范畴。

5.5.1.2 主要产品及生产工艺

该企业依托当地丰富的含砷难浸金精矿资源，采用生物氧化氰化浸出工艺提金，企业生产工艺流程见图5-9。公司生物氧化各项技术、经济指标均处于国际先进水平。

企业的主要原料消耗为含砷难浸金精矿，辅助原材料主要为特殊生物菌种、氰化钠、氧化钙、锌粉、钢球及消泡剂等。其中生物菌种及其他配比为企业自行研发，属保密配方。企业日处理金精矿能力达到150t，2008年产黄金1.33t。

生物氧化提金技术是处理高砷、高硫、高碳型难处理金矿石的有效方法之一。其基本原理是利用浸矿微生物氧化铁硫杆菌、氧化硫硫杆菌等在适宜的生长条件下，将矿石中包裹金矿物的金属硫化物氧化分解，使金矿物充分暴露解离，使金可以与浸金溶剂充分接触并溶解，达到金回收利用的目的。该技术的另一突出优点是可将矿石中有害元素砷氧化后进入液相，通过采用石灰—铁盐法进行中和处理，使其转变成稳定的砷酸铁沉淀，永久堆存，不对环境造成污染。

含砷金精矿经配矿后，由计量抓斗给入砂泵箱，调浆后与球磨排矿送至旋流器分级，旋流器沉砂进入球磨机再磨。旋流器溢流除屑后给入浓密机浓缩，浓缩矿浆给入生物氧化槽进行一、二级氧化。经生物氧化后进入洗涤系统，由板框压滤机压滤并反洗后，进入浓密机。浓密机溢流出的酸性氧化液加入石灰乳进行两段中和处理，中和后生成的化学沉淀经压滤机压滤，滤饼（中和渣）运送至尾矿库干式堆存。

贵液调浆后的矿浆进入浓密机洗涤，浓密机底流调浆后给入浸出槽，浸出后的矿浆给入浓密机浓密洗涤；滤饼运送至尾矿库干式堆存。

获得的贵液进入锌粉置换系统，经净化、真空脱氧、锌粉置换获得的金泥定期取出进行氯化提纯，最终获得纯度 99.95% 以上的金锭。

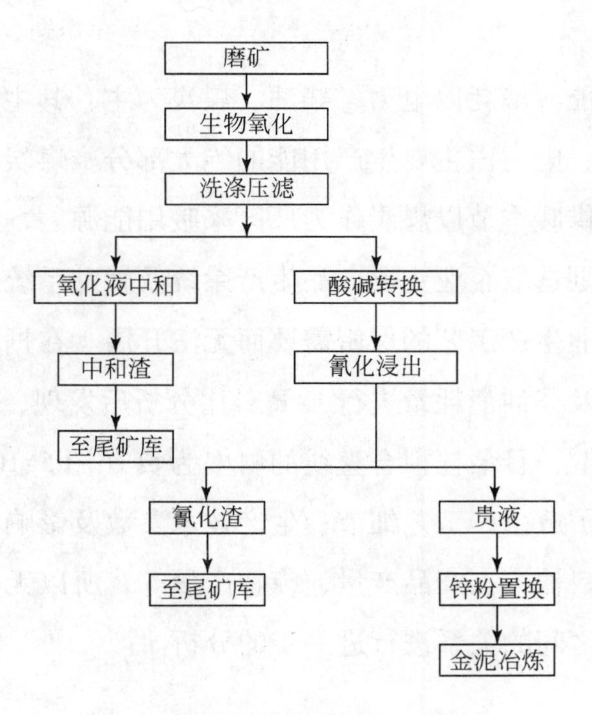

图 5-9　企业生产工艺流程图

5.5.1.3 对标实施过程

该企业是中国第一座自行研制、自行设计、自行建设的拥有独立知识产权的生物氧化提金企业。该企业的投产，标志着中国黄金企业科技水平和设备工艺达到了一个新高度，企业代表了国内黄金企业的先进水平。

2009 年 1 月，能效对标项目组专家来到该企业，与公司领导及其他管理人员进行了交流，通过了解能效对标项目、能效对标方法以及能效对标管理能为企业带来的益处，公司领导表现出对项目的支持。随着项目的逐步深入，企业领导层表示会尽力配合项目组的工作，但由于工艺技术的保密需要无法全面满足项目组了解详细生产工艺、参数及能耗数据的要求。企业仅提供了 2008 年月度产品产量及能源消耗量数据。

该企业的能源消耗以电力、柴油、煤炭为主，其主要生产系统消耗电力和柴油，电力占主要生产用能的绝大部分。煤炭的消耗与生产无关，只是在供暖季节以煤炭作为厂区采暖用能源。

项目组计划选取企业主要产品生产系统及辅助系统进行对标的工作方案，因企业生产工艺的保密需要而无法开展。在据已获数据对企业用电消耗量及柴油消耗量进行 E-P 对比分析后发现，图表中数据点的分布过于分散，且最佳拟合直线的斜率为负（图 5-10 及图 5-11）。由于无法深入了解生产工艺细节、生产技术参数及影响产品能耗的主要因素，如原料输入、产品产量、废物产量等，所以无法对产品产量和能源消耗量之间的关系进行进一步的分析。

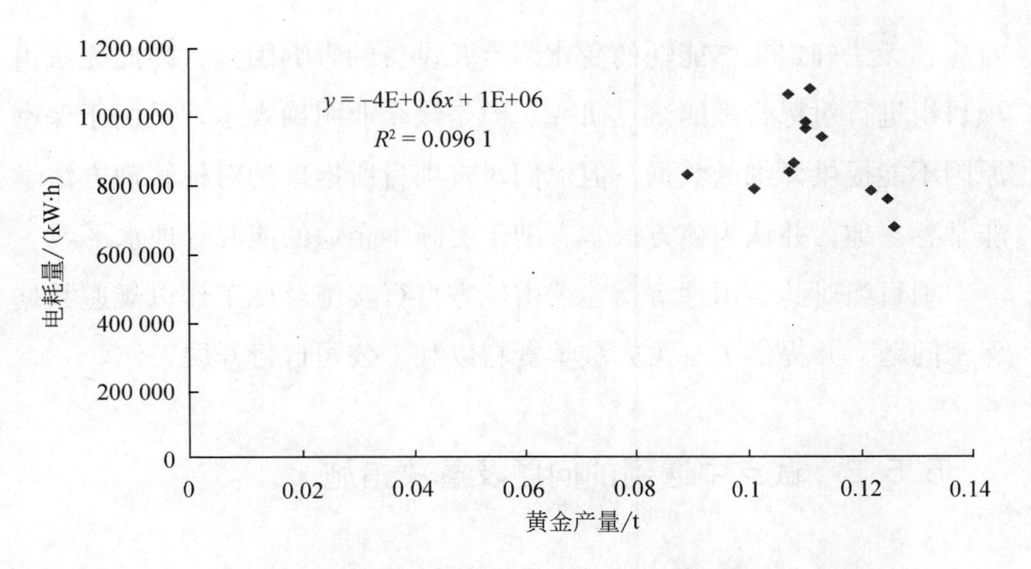

图 5-10　企业 2008 年耗电量与黄金产量 E-P 图

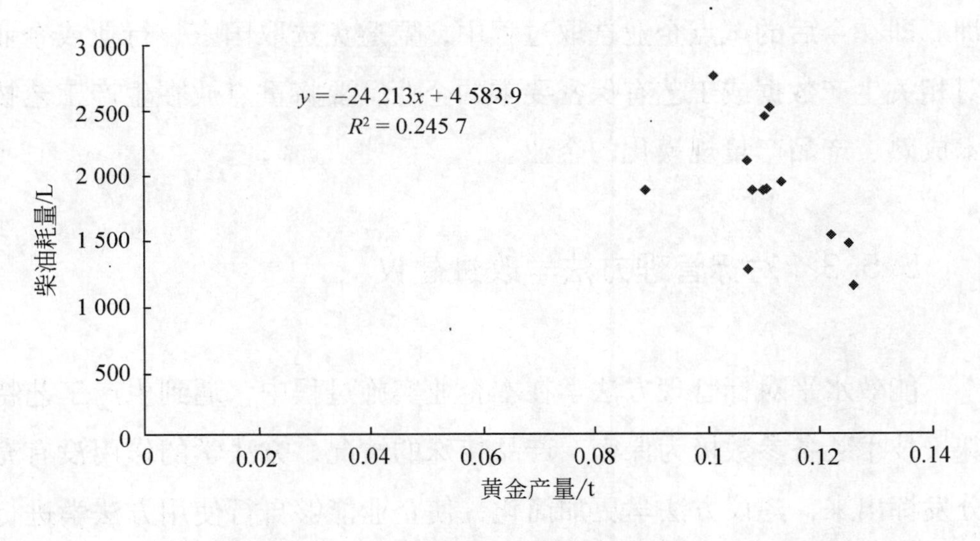

图 5-11　企业 2008 年耗柴油量与黄金产量 E-P 图

5.5.1.4　改进建议

由于国家对黄金生产企业的生产数据有相关保密性的要求，而且该公司重点耗能工艺属于自行研发的专利技术，涉及保密工艺，项目组在相关资料和数据的提取上受到很大影响，各工艺能耗无法与设备对应，无法确定工艺能耗的变化因素及设备的影响因素，因此无法由项目组进行对标管理的试点研究。但是该企业明确表示，虽由于保密原因不能提供详细的数据，但他们对本项目所推广的对标管理方法学非常感兴趣，并认为该方法学有助于提高本企业的能源管理水平。

项目组对此表示理解，建议由厂方自行实施对标工作以规避数据保密问题，并提供了有关方法学资料以利于公司自行开展工作。

5.5.2 试点中遇到的问题及解决措施

项目组认为这是一个典型的案例，从中可以汲取宝贵的经验教训。即在今后的试点企业选取过程中，要避免选取国家、行业或企业对相关生产数据或工艺有保密要求的企业，要将重点放在生产工艺技术成熟、产品产量规模化的企业。

5.5.3 对标管理方法学改进建议

能效水平对标管理方法学在本企业实施过程中，遇到生产工艺特殊、技术装备参数极为保密、产品特殊的情况，方法学的作用没有充分发挥出来，建议方法学更加简化，使企业能够自行使用方法学进行对标工作。

5.6 煤炭行业案例

煤炭是世界上储量最多、分布最广的常规能源，也是最廉价的能源。目前，世界煤炭可采储量约为9800多亿t，按照目前的全球生产能力，煤炭资源尚可开采190多年，而石油可开采约40年，天然气尚可开采约60年。在国际上，按同等热值计算，燃用天然气、石油的运行成本一般为燃用动力煤的2~3倍。煤炭一直是世界范围内的主要能源，根据BP统计概览的统计，2006年全球煤炭产量约为62亿t，约占世界一次能源消费总量的28.4%。

中国煤炭需求旺盛，煤价呈现长期上升趋势，煤炭行业面临大好发展形势。煤炭在中国能源生产和消费结构中一直占2/3以上。但是，煤炭行业在资源与能源消耗方面，仍然面临许多突出的问题。一是煤炭资源平均回收率低，资源浪费严重。二是原煤入洗加工率低，目前只有33%左右。大量原煤长距离运输、直接燃烧，造成热能转换率低，污染严重。三是煤炭行业平均生产效率低、能耗高。中国煤炭开采主要以井工开采为主，露天开采产量仅为5%左右。煤矿开采深度大，井下生产环节多，能耗高，管理困难。严峻的现实，要求煤炭行业必须走提高能源与资源利用效率之路，才能实现煤炭工业可持续发展。

5.6.1 试点情况

5.6.1.1 企业概况

某企业是位于河南登封市的集团经营公司。2006年6月，该企业在香港成功上市。企业始建于2003年5月，由原地方国营登封市小河煤矿改制而成。目前，该企业拥有小河一矿、小河二矿、小河三矿、兴运煤矿、向阳煤矿、慧祥煤矿6个煤矿，拥有金丰工贸公司、兴运煤业、向阳煤业、慧祥煤业、矿山设备公司、煤炭运销公司6家全资子公司，已经成为集煤炭生产、加工、销售和贸易为一体的综合型企业。总资产有5亿多元，员工有5000余人，年产原煤能力200万t，并具备了年加工优质动力煤200万t和精煤100万t的生产能力。企业先后荣获“登封市安全生产先进单位”、“登封市十强企业”，入选河南省“100家优秀民营企业”。

受全球经济危机的影响，煤炭市场景气度降低，大部分煤矿2008年的生产负荷率均处于较低水平。该企业下属小河煤矿受市场变化影响较小，2008年全年生产相对正常，为开展能效水平对标工作提供了基础保障。

5.6.1.2 主要产品及生产工艺

小河煤矿坐落在登封市大冶镇冶南村，采用主、斜井混合开拓，长壁式采煤法。开采于2003年，设计生产能力36万t/a，实际产能约100万t/a，属低瓦斯矿井，水文地质简单，煤层赋存稳定。

小河煤矿矿井在一个采区生产，位于向斜轴北部，西面有两个工作面，走向长壁式回采，正常生产。工作面采用的是单体液压支柱，配“Π”型钢梁，并配备有22型溜子运煤。东面沿微倾斜方向，布置两个掘进工作面（21261下付巷，21241下付巷）。掘进面里布置有一趟排水管、一趟降尘管和一趟风管，并设有4个压风自救站确保安全生产。生产工艺分系统介绍如下。

(1) 通风系统

矿井通风方式为中央分列式，主斜井和副立井进风，西立井回风的通风路线。

（2）火工品管理与储存

小河煤矿在平地建造了专用炸药库，并按规定配备了专业看守人员，依照国家规定程序，建立了火工品管理和发放制度，并配备了专业放炮员领送，作业现场配备有雷管箱、炸药箱等，按照规程规定进行放炮作业。

（3）监控监测系统

小河煤矿于2008年3月完成了原有KJG2000监测监控系统的升级改造，现使用的是国家许可的KJ340监控系统。井下设有5个分站，并根据各个地点的需要安设了瓦斯传感器、温度传感器、一氧化碳传感器、风速传感器、风门开停传感器等，对井下各地点的安全状况进行全面监测。并按照规定，对仪器定期检查、检验，设有监控中心，全天24小时全程有专人值班，确保了矿井的安全生产。

（4）供电系统

矿井采用双回路独立电源，一路来自刘小线变电站10kV电源，另一路来自二台小变电站10kV电源。两路电源经主斜井到变电所，由井底变电所变660kV电压分四路供电（运输和通信照明、两个工作面、排水及掘进工作面、专用通风）。

（5）防排水系统和消防、降尘系统

排水系统在井下布置有变电所、泵房，安装有D155－67×5水泵3台，配备管道（$\phi=195$mm）两趟。

排水路线：各地点分散水源→水仓泵房→回风下山→总回风巷→

地面。

消防、降尘系统路线：地面高位水池→主斜井→轨道下山和皮带下山→采面上下巷和掘进面。

(6) 提升运输系统

主井为一斜井运输巷，总长为750m，安装有 SPJ－850 型皮带输送机四部。作为矿井的主要运输线路，担负着两个回采工作面、两个掘进工作面及全矿井的运输任务。运输路线：两个回采面和两个掘进面→皮带下山→运输平巷→主斜井→地面。

副井为立井提升，井深为75m，安装有2JTK 1.6 ×0.9 绞车、95kW 提升机并配备1.5t 罐笼，负责矿井的卸料和上下人。轨道运输下山总长为670m，安装了 Q-80 型绞车两部，到达21 轨道平巷，又安装了 Q-600、Q-1000 型绞车各一部，通往21 下部车场，再经轨回联巷安装 Q-600、Q-800 型两部绞车，到达21 回风上山、六部车场，到各工作地点。

(7) 生命保障系统

矿井地面安装了两台 RHYD75 型 660V 空压机，采用钢管（$\phi=108$mm）经副立井到达井下各工作地点，并每隔150～200m，设立一个自救站，且安装了电话和水管，确保了“三条”生命线建设的合理性。

5.6.1.3 对标实施过程

能效对标项目组专家来到小河煤矿，与公司领导及其他管理人员进行了交流。通过了解能效对标项目、能效对标方法及能效对标管理能为企业带来的益处，企业领导明确表示了对项目的支持。在项目组的帮助下，小河煤矿成立了 BMT 团队，与项目相关的部门负责人均为 BMT 团队成员。同时项目组了解到，小河煤矿已建立了能源管理体系、能耗指标考核体系，并制订了各项能源管理制度。

煤炭开采行业能效对标与其他行业有所不同，除了要注重单位产品的能源消耗强度之外，不同生产工艺、技术装备水平、自动化程度、煤矿自身的开采条件、开采深度、煤种等因素对煤炭开采的能耗指标均有影响，因此煤炭行业也经常采用工序能耗作为对比对象。

由于小河煤矿生产工艺为主、斜井混合开拓，长壁式采煤法，其用能以电力为主，因此以生产系统工序能耗指标作为对标对象，吨煤综合电力消耗只进行内部分析。

所选取的对标指标包括：吨煤耗电（即吨煤综合电耗，只进行内部分析）；提升系统工序耗电；通风系统工序耗电；排水系统工序耗电；煤炭产量与耗电量数据分析。

小河煤矿 2008 年全年消耗电力 668.95 万 kW·h，煤炭产量为 874 118t，吨煤耗电量 7.65kW·h/t，较其内部考核指标 8kW·h/t 低 0.35kW·h/t。

小河煤矿 2008 年各生产工序电耗见表 5-12。

表 5-12　小河煤矿 2008 年各生产工序电耗

工序名称	全年数据
提升与输送/(kW·h)	5 954 846
排水/(kW·h)	230 891
通风/(kW·h)	546 222

注：通过设备运行状态及设备额定功率估算，主提升系统 2008 年耗电量为 1 796 312kW·h。

小河煤矿 2008 年各生产工序工作量见表 5-13。

表 5-13　小河煤矿 2008 年各生产工序工作量

工序名称	全年数据
提升/(t·hm)	2 622 355
排水/(t·hm)	525 947
通风/Mm^3Pa	1 368 977

小河煤矿 2008 年各生产工序的工序能耗见表 5-14。

表 5-14　小河煤矿 2008 年各生产工序的工序能耗

工序名称	全年数据
提升/[kW·h/(t·hm)]	0. 685
排水/[kW·h/(t·hm)]	0. 439
通风/(kW·h/Mm^3Pa)	0. 399

能耗指标分析如下。

2008 年小河煤矿总耗电量与分系统耗电量之和，相差约 5. 5 万 kW·h，误差率不足全年耗电量的 1%，属正常现象。通过对煤炭产量与耗电量的 E-P 图（图 5-12）分析，可以看出耗电量与煤炭产量的拟合曲线的 R^2 值为 0. 5378，E-P 图上的数据点分布比较离散，数据回归性一般。说明耗电量控制不佳，需要进一步提高运行操作水平并加强设备管理。

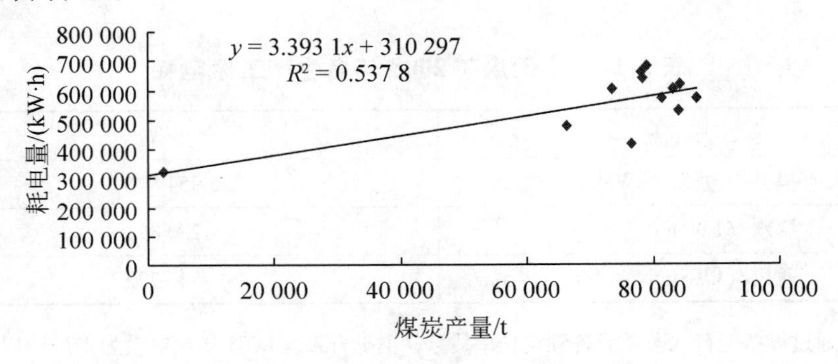

图 5-12　小河煤矿 2008 年煤炭产量与耗电量 E-P 图

通过现场考察，项目组认为在煤炭产量相近的几个月份耗电量差距高达30万kW·h，主要是由于间隙性的工作面拓展以及工作面拓展后的基础设施安装、运输造成的，由此造成的耗电量波动属正常情况。

总体上小河煤矿吨煤综合能耗处于行业较低水平，其主要原因是煤质较软、采深较小、瓦斯浓度低、排水量小。

煤炭行业协会所提供的煤炭生产各工序能耗等级如表5-15～表5-18所示。由表中数据可见，小河煤矿的排水、通风工序能耗属行业二等水平，提升工序能耗为行业三等水平。

表5-15　通风工序能耗等级表

等级 风机类型/能耗值	一　等	二　等	三　等
轴流式/(kW·h/Mm³Pa)	<0.360	0.361～0.400	0.401～0.520
离心式/(kW·h/Mm³Pa)	<0.360	0.361～0.380	0.381～0.500

表5-16　排水工序能耗等级表

等级划分	一　等	二　等	三　等
工序能耗值/[kW·h/(t·hm)]	<0.401	0.402～0.441	0.442～0.50

表5-17　竖井主提升及房工序能耗等级表

等级划分	一　等	二　等	三　等
工序能耗值/[kW·h/(t·hm)]	<0.453	0.454～0.496	0.497～0.560

表5-18　斜井主提升及房工序能耗等级表

等级划分	一　等	二　等	三　等
工序能耗值/[kW·h/(t·hm)]	<0.509	0.510～0.584	0.585～0.697

该企业小河煤矿单位产品（煤炭）能耗指标与国外同行业指标的可比性较差，其主要原因有：国外煤炭开采以露天煤矿为主，而国内则是以井矿采煤为主。国外煤炭开采机械化、自动化程度较高，导致吨煤耗电量较国内一般水平偏高20%以上。

5.6.1.4　设立目标

受煤矿开采年限增加的影响，其开采深度、开采难度将逐渐加大，因此其吨煤耗电量也将呈逐步上升趋势。小河煤矿吨煤耗电指标采用2008年度平均值作为短期目标，通过节能技改等措施使其在开采深度增加、开采难度加大的前提下，达到吨煤耗电量基本保持不变，短期目标预计在一年内完成。而对于提升系统工序耗电、通风系统工序耗电、排水系统工序耗电等建议设立中期目标：工序指标根据煤炭协会工序能耗等级，使排水、提升工序能耗水平实现提升，将通风工序能耗从行业二等水平提升到一等水平，中期目标在三年内完成。小河煤矿2010年考核指标见表5-19。

表5-19　小河煤矿2010年考核指标表

工　艺	2008年平均能源强度	2008年最好的月份	范　围		目　标	
			最　低	最　高	短　期	中　期
吨煤耗电/(kW·h/t)	0.94	0.67	0.67	16.11	0.94	
潜在减少量/%		-28.72	-28.72	16.14	0	
提升系统工序耗电/[kW·h/(t·hm)]	0.68					0.584
潜在减少量/%						-14.74
排水系统工序耗电/[kW·h/(t·hm)]	0.44					0.41
潜在减少量/%						-6.61
通风系统工序耗电/(kW·h/Mm^{3}Pa)	0.40					0.36
潜在减少量/%						-9.77

5.6.1.5 能源效率改进建议

能效水平对标管理项目组通过对企业的实地考察与对标差距分析，结合小河煤矿生产工艺与技术装备的具体情况，提出了三项能源效率改进建议。

(1) 变负荷运行的机电设备加装变频调速装置

小河煤矿部分机电设备（如输煤皮带）仍采用传统的节流调节运行方式，大量电流浪费在调节档板处。建议对此类设备加装变频调速装置，如此不仅可以降低启动电流（软启动），减小设备启动对电网的冲击，更可以根据系统负荷调整设备运行状态，以达到节能的目的。输煤皮带加装变频调速装置，可降低其空载时的电能消耗，预计可节电20%，吨煤耗电量可降低0.12kW·h/t。

(2) 大功率定速运行机电设备加装节电器

对于部分定速运行的机电设备（如主通风机、主排水泵等），可加装节电器进行节电改造。现有节电器技术比较成熟，节电效果可以达到7%，在生常生产的情况下，一年内可收回全部技改投资。

可改造的主通风机为两台湾矿井隔爆抽出式对旋风机，单台额定功率为360kW，额定电压为660V。可改造的主排水泵为3台矿井多级离心式水泵，单台额定功率为660kW，额定电压为10kV。上述风机、水泵安装节电器进行节电改造，以节电效果7%计算，可分别提高通风、排水工序能耗一个等级。

(3) 提高运行操作水平，加强设备管理

建议加强能源管理，特别是重点耗能设备的用能管理，定期对大功率机电设备进行用电效率测试，根据测试结果进行有针对性的技改(如对风机水泵的叶轮切削、定期维护保养等)。

5.6.2 示范中遇到的问题及解决措施

在工作中项目组发现小河煤矿存在提升、排水、通风三大生产工序的仪器仪表配备率不高，三个工序的工作量无法得到有效的计量与统计，提升与输煤装置由同一根电缆供电（井下部分），在各分支处未安装电能计量表，主提升与副提升装置的用电量无法准确分清等统计计量方面的问题。且小河煤矿的吨煤综合能耗仅相当于煤炭行业一般水平的10%~20%，给能效对比带来了一定困难。

根据具体问题，项目组提出了如下解决措施。

1）根据设备运行时间及运行参数对各生产工序的工作量进行计算。

2）按提升与输送系统总电量的一定比例计算主提升工序耗电量。

3）具体情况具体分析，小河煤矿的生产机械化、自动化程度较国内行业一般水平偏低，煤质较软、采深较小，易于开采。矿井瓦斯浓度较低，故通风量较其他煤矿偏小。井下排水量较小，排水工序耗电量也应相应偏小。因此，吨煤综合电耗仅进行内部分析，将生产系统工序能耗作为对标对象。

5.6.3 对标管理方法学推广建议

能效水平对标管理方法学在煤炭行业的推广将会遇到能源统计、

能源计量及管理水平参差不齐所带来的影响，因此在煤炭行业推广对标管理与其他行业的不同之处在于应以工序能耗作为对标重点。

建议全面收集煤炭行业的各生产工序能耗指标，并在能效水平对标管理方法学的推广过程中，关注用能设备的效率监测。

5.7 电力行业案例

5.7.1 试点情况

某企业是全国千家重点耗能企业之一，能源管理制度比较健全，开展对标的积极性很高，成立了以总工程师为组长的BMT团队，组织制订了能效水平对标活动管理实施细则。BMT团队的详细情况已填入工作表——BMT团队注册表。BMT团队从该公司主要产品及产量、能源管理、能源消耗、原辅材料、生产工艺技术等方面开始梳理该单位的基本情况。

该企业拥有4台200MW现代化大型燃煤供热汽轮发电机组，产品是电能和热能。电厂锅炉燃烧原煤产生的蒸汽驱动汽轮发电机组进行发电，同时对蒸汽驱动汽轮机的过程或之后的抽汽或排汽的热量加以利用，进行区域供热。年发电量为50亿kW·h左右，年供热量为860万GJ，供热面积为2423万m^3。

为加强企业节能工作，该企业从制度建设、组织机构、能源管理、节能培训和节能改造等多方面，采取多种措施开展节能工作。比如：定期开展节能宣传活动；制定下发年度节能降耗措施计划；将指标完成情况和部门绩效考核挂钩。并于2006年通过了北京市清洁生产审核。

通过能效对标项目组专家在企业的调研，对企业的各方面情况进行全面了解，完成了工作表——承诺管理表。通过填写这个表单，计算出结果并推断出目前的状况，企业得分为21分，说明管理层承诺力度较好。具体来说，企业在政策及体系方面，具有正式的能源/环境政策及管理系统，行动方案及常规的例行检查，并得到高级管理层或从企业战略角度的承诺。在组织方面，将能源管理整体综合到企业管理系统中，并对能源消费进行清晰的责任划分，设立相关部门和负责人，各负其责。在推动因素/动机方面，通过由高级部门负责人领导的特别委员会与主要使用者取得联系，对能源使用效率和质量情况进行了解，分析原因和潜力。在信息系统方面，每年结合公司计划和当年环境，设立目标，监测能源消耗，废物和废气排放，故障识别，成本计量和节约以及提供预算的跟踪。在资料通告/常识/了解程度方面，企业在政府引导下，积极进行各方面的培训，项目工作人员了解常识及接受培训。在投资方面，每年投入大量节能技改资金，增加环境/能源效率的投资：应用积极性的区别待遇，参加支持能源/环境节约计划的活动，并对所有新建工厂及工厂改造的机会有详细的投资评估。

5.7.2 对标项目的实施

热电联产电厂与其他类型工业企业具有较大差异性，电厂是能源转换企业，是将一次化石能源（原煤和柴油）通过燃烧等工序转换为二次能源（电力和热力），电厂无需对原材料进行利用和加工等工序，产品单一；整体用能情况清晰，电厂的供入能源中煤炭占到了

99%左右，厂区用电由企业发电过程中自己满足；工艺流程较复杂，包括燃烧系统、汽水系统、电气系统和环境保护系统等，且工艺流程原理不是唯一，设备情况也不固定；厂区存在较多用能设备（锅炉、变压器和风机水泵等），其用能效率也参差不齐，数据较难统计和分析。

通过对企业的现场调研和测试，数据整理和分析，结合能效对标的方法学和国内外相关经验，电力行业的对标范围应按照工艺整体考虑，将产品的综合能耗作为对标的重点，同时考虑工艺流程中的能源消耗，具体考察对象为综合供电能耗、供热煤耗和综合厂用电率。

5.7.2.1 国内标杆选取

项目组会同电力行业专家，在电力行业内进行充分的调研分析，确定了电力行业最佳实践数据，见表5-20。

表5-20 电力行业实践数据

项 目	国内先进水平	全国平均水平
综合供电煤耗/[g/(kW·h)]	269	344
供热煤耗/(kg/GJ)	40	50
综合厂用电率/%	7.02	8.37

该表中的数据摘自《热电联产的节能分析——对热电联产界定节能指标的探讨》，并由国家电网公司提供相关数据，不仅对企业具有很好的参考价值，对其他热电联产电厂也同样具备长远的对标意义。

5.7.2.2 设立目标

该企业综合能源消费量呈下降趋势。与全国同类型机组比较，机组经济运行水平逐步提高，逐渐步入先进机组行列。通过本示范项目的实施，项目组协同企业根据2005～2008年度企业能效指标完成情况和2009年度企业生产经营计划，为2010年设定了合理的标杆数值（表5-21）。

表5-21　2010年拟定标杆值

项　目	2010年企业拟定标杆值
综合供电煤耗/[g/(kW·h)]	310
供热煤耗/(kg/GJ)	40.30
综合厂用电率/%	8.37

5.7.2.3　目标差距分析以及能源效率改进建议

针对企业目前的状况，与标杆尚有一定差距，通过与企业共同分析探讨，差距主要存在以下几个方面：

1）电气设备损耗电量占整个厂用电能的7.77%，原因是大部分高压电机（风机类）调节方式单一，电能利用率低，损耗电能大；目前该企业低压电机在装量为2000多台，采用高效电机的不到1%，运行效率低。

2）锅炉漏风系数大，造成过量空气系数增大，效率降低。

3）锅炉排烟温度高，比设计值高10℃左右。

4）汽机侧主汽压力及再热蒸汽温度偏低于设计值，影响机组煤耗。

5）对主要耗能设备的三级计量仪表的配置还不十分完善，不利于细化对单机设备的能耗考核。

针对上述问题，我们建议企业从以下五个方面来提高能效水平。

1）加强能源管理以及分级利用。完善制度建设，从管理上推出

《节能考评制度》新举措，促进节能负责人提高工作成效。研究有效的能源管理机制，对能源消耗实行集中统一管理，实现能源调度的自动化，与生产调度系统有机协调，促进生产过程的整体优化。加强节能宣传和培训，提高员工节能环保意识。

2）将部分高压电机加装变频装置，负荷调整可做到无极调整（0～100%转速），提高电能利用率。逐步用高效电机代替现有运行效率低的电机。变压器损耗电量大，运行效率低。部分变压器经常在30%负荷以下运行。建议合理分配负荷，减少轻载运行变压器台数，优化变压器运行方式。生产照明用电量约占整个厂用电量的0.27%，选用卤钨灯、紧凑型荧光灯等节能高效灯具，加装照明装置节电器，生产照明用电量可降低50%，灯具使用寿命可延长一倍以上。

3）实施“2#、4#炉锅炉点火装置改造”，“1#炉1#、4#A磨煤机变加载改造”等节能改造项目，降低能源消耗。

4）进行“循环水供热的可行性”、“再生水深层次研究”、“4#机轴封漏汽大治理”等项目的可行性研究，挖掘节能潜力。

5.8 造纸行业案例

造纸工业作为中国重要的基础原材料工业，在国民经济中占据着非常重要的地位。中国造纸工业起步虽晚，但发展较快，是国内少有的市场需求尚未得到完全满足的行业之一。随着中国的工业化、城市化进程加快，人们物质文化生活日益丰富和提高。预计未来几年，中国纸张的消费量仍将明显加快。2010～2015年，中国将成为世界第一纸消费大国；到2030年前后，纸消费量可达到2亿t，甚至更多；30

年内，中国将成为世界纸业强国。

造纸行业是高能耗的传统制造业，同时工业废水排放量比较大。造纸业属于典型的大进大出产业，其制浆造纸过程中所产生的废弃物垃圾和副产品的量也是非常惊人，造纸企业为了处理这些废弃物，处理费用较大。

5.8.1 试点情况

5.8.1.1 企业概况

造纸行业某企业注册资金5500万元。企业主营芦苇、麦草原料碱法蒸煮制浆，主导产品为漂白浆板、包装箱板及生活用纸。拥有1760漂白浆板生产线、3200挂面箱板纸生产线和多条生活用纸生产线，浆板及纸产品年生产能力达10万t，年产值为3亿元，创利税4500万元，截至2008年底，企业总资产为2.6亿元。

该企业的能源结构以原煤和电力为主，其能源转换系统由燃煤锅炉和蒸汽输送管网组成，为生产系统提供蒸汽。其变配电系统由主配电室、变压器、厂用电输送线路构成。其变配电系统的功率因数、变压器负荷以及各项生产技术参数均满足国家有关标准的要求。

选择该企业作为项目试点企业在于其纸浆生产工艺技术及装备属中国造纸行业一般水平，具广泛代表意义。

5.8.1.2 主要产品及生产工艺

该企业的主要产品为漂白芦苇浆，其他副产品包括高中档牛皮箱板包装纸、生活用纸和回收碱等，设计生产能力见表5-22。企业2007年纸浆产量为97 479.53t。

表 5-22　企业主要产品设计生产能力表

项　目	产品名称	设计产量
主要产品	漂白芦苇浆/(万 t/a)	10
副产品	高中档牛皮箱板包装纸/(万 t/a)	5
	生活用纸/(万 t/a)	1
	回收碱/(t/d)	600

该企业主要原料消耗为芦苇，辅助原料消耗为烧碱、二氧化氯、氧气和过氧化氢，公司采用芦苇、麦草原料碱法蒸煮制浆工艺（工艺流程见图 5-13）。主要制浆设备包括 37 台蒸球（总容积为 1090m^3）和一套日产 200t 的全碱法多段漂白芦苇浆生产线，各工段生产工艺及能耗情况介绍如下。

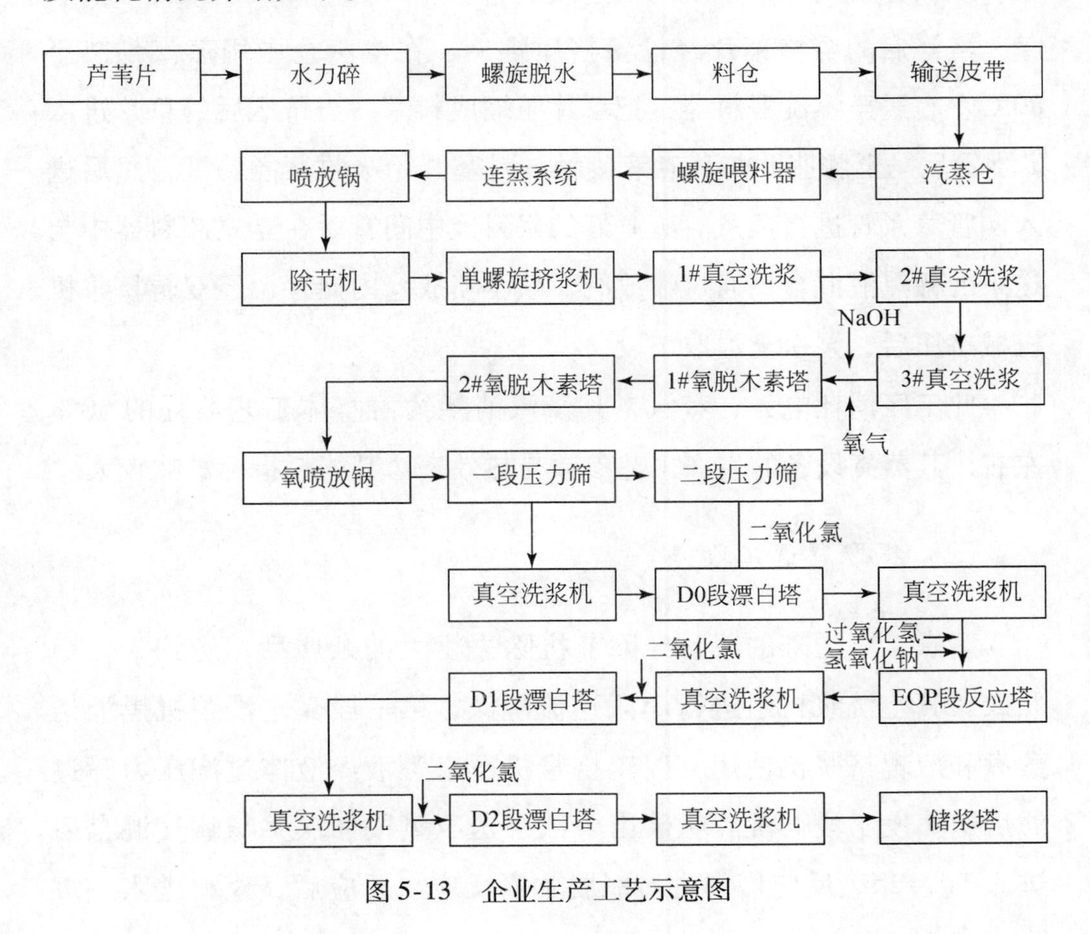

图 5-13　企业生产工艺示意图

（1）备料蒸煮工段

原料场芦苇经过计量采用运苇车送入备料工段，人工上料至皮带运输机，通过皮带将芦苇运入切草机切成合格的草片，草片经过辊式除尘器除尘后落入横向运输带，然后转入纵向运输带送入料仓储存。

料仓中的芦苇片经过计量皮带计量后，采用斜皮带运输机送入水力洗草机中进行洗涤，经洗涤后的草片稀释到4.0%～4.5%浓度时用草片泵送往斜螺旋进入后续工序，多余芦苇片由螺旋输送回洗草机，从而保证向连蒸系统均匀连续送料。

洗涤后的合格草片经计量挤压螺旋，在汽蒸仓中用蒸汽预热至80℃左右送至螺旋喂料器，把草片压缩成料塞，当挤压后的草片进入T型管后马上膨胀并与蒸煮液接触，料塞开始吸收蒸煮药液，然后进入四管蒸煮管进行蒸煮。蒸煮好的浆料经中间管后在立式卸料器中与送来的稀黑液混合，通过喷放阀，喷至喷放仓内储存，经双辊挤浆机机械挤压后，泵送至提取工段。

此工序消耗电力、蒸汽，其蒸汽消耗约占整体工艺消耗的50%左右，其蒸煮设备的生产工艺参数与热效率对其能耗指标影响较大。

（2）提取筛选工段

蒸煮工段送来的浆料经除节机除去粗大的杂质后，送到3台串联鼓式真空洗浆机组进行串联逆流洗涤，第一段真空洗浆机黑液送蒸煮和双辊挤浆机使用，双辊挤浆机下来黑液经液体过滤压力筛过滤后送蒸发工段。洗后粗浆由中浓泵送至氧段加热并与氧气混合后进入1#、2#氧反应塔中进行氧脱木素反应。反应后，浆料进入一级两段压力筛进行封闭筛选。筛选后的浆料进入三串联真空洗浆机逆流洗涤。

此工序消耗电力与蒸汽，其蒸汽消耗量相对较小，仅占整个生产工艺的20%左右。

（3）漂白工段

从筛选后真空洗浆机组出来的浆料由中浓浆泵送至D0段加热并与二氧化氯混合后进入D0段漂白塔。反应后进入真空洗浆机进行洗浆。D0段洗后浆料送至E0P段加热并与过氧化氢、烧碱、氧气混合后进入E0P段的升流塔中反应，反应后浆料E0P段的降流塔中反应，完毕后泵送至E0P段真空洗浆机进行洗浆。E0P段洗后浆料分别经过D1段、D2段的升流塔、降流塔反应，经真空洗浆机洗浆，D2段洗涤后的漂白麦草浆进行漂白后贮浆塔中贮存。此工序消耗电力与蒸汽，其蒸汽耗量约占整个生产工艺的30%。

5.8.1.3 对标实施过程

项目组专家通过现场调研，对企业各方面情况有了一定了解。企业管理层承诺力度一般，主要原因是整个行业不景气，企业投入有限。企业成立了BMT团队，与项目相关的部门负责人均为BMT团队成员。

该企业生产工艺较为简单，总体来说，生产可以分为两部分，即纸浆生产过程与蒸汽制备过程。项目组选取公司纸浆生产过程作为研究对象，包括主要产品生产系统及辅助系统。纸浆生产过程所消耗的蒸汽与电力将被作为对标重点。

该企业的全碱法多段漂白芦苇浆生产过程中，蒸汽主要消耗于芦苇浆蒸煮（备料蒸煮工段），电力消耗于生产过程中的机械传动装置。此外，该企业地处内蒙古中西部地区，水资源比较匮乏，制水（水处理）成本较高。根据企业情况选定考核指标：吨纸浆耗电量；吨纸浆耗蒸汽量；吨纸浆耗水量。

该企业2007年纸浆总产量为97 479.53t，消耗电力为34 115 516kW·h，消耗蒸汽为403 769.19t，总耗水量为7 800 959.31t。企业内部考核指标吨纸浆耗电量为350kW·h/t，吨纸浆耗蒸汽量为4.15t/t，吨纸浆耗水量为80t/t。

从表5-23可以看出，2007年该企业吨纸浆耗电量、吨纸浆耗蒸汽量和吨纸浆耗水量均基本达到了相应的内部考核标准的要求。耗电量—纸浆、耗蒸汽量—纸浆和耗水量—纸浆的E-P分析，进一步反映了公司在电力、蒸汽和水消耗方面的良好控制。

表5-23 2007年企业单位产品能源消耗指标表

指　标	吨纸浆耗电量/(kW·h/t)		吨纸浆耗蒸汽量/(t/t)		吨纸浆耗水量/(t/t)	
	考核值	实际值	考核值	实际值	考核值	实际值
指标值	350	349.98	4.15	4.14	80	80.03

该企业2007年生产用电量控制较好，从图5-14情况来看，其数据分布点集中，数据回归性较好，R^2 值为0.916。

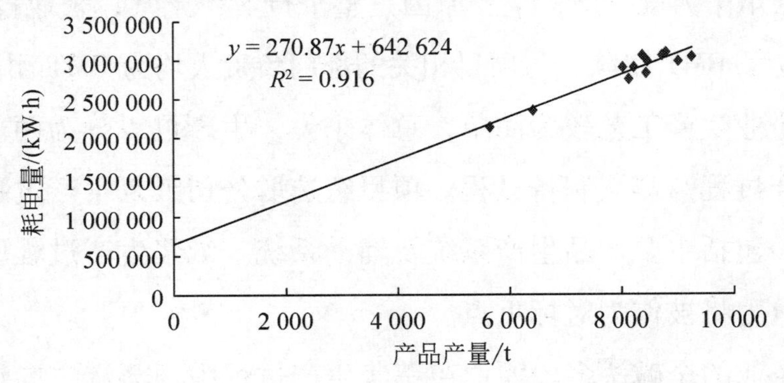

图5-14　企业耗电量—纸浆产量E-P图（2007年）

从各月的吨纸浆耗电量变化趋势情况来看（图 5-15），2007 年各月吨纸浆耗电量偏差较小，与全年平均值的偏差基本在 10kW·h/t 范围以内，说明该企业 2007 年生产运行比较稳定。

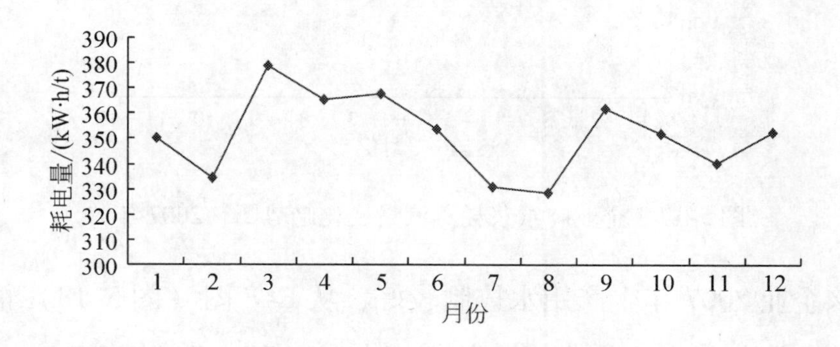

图 5-15　企业吨纸浆耗电量变化趋势图（2007 年）

该企业 2007 年生产用蒸汽量控制较好，从图 5-16 情况来看，其数据分布点比较集中，数据回归性较好，R^2 值为 0.96。

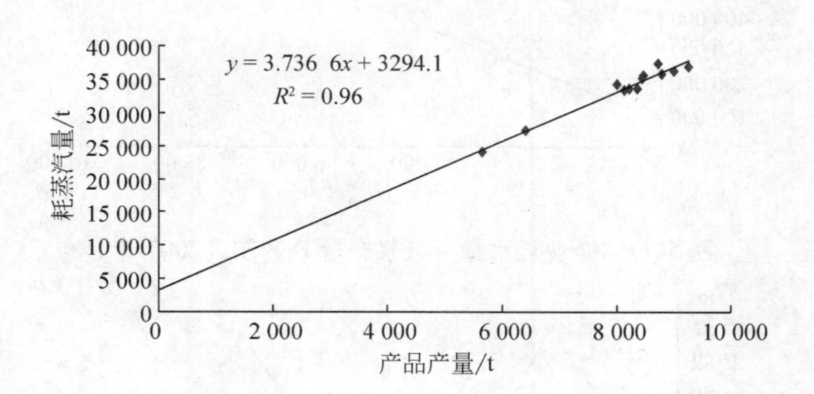

图 5-16　企业耗蒸汽量－纸浆产量 E-P 图（2007 年）

从各月的吨纸浆耗蒸汽量变化趋势情况来看（图 5-17），2007 年各月吨纸浆耗蒸汽量偏差较小，与全年平均值的偏差基本在 0.1t/t 范围以内，说明该企业 2007 年在蒸汽使用环节的控制较好。

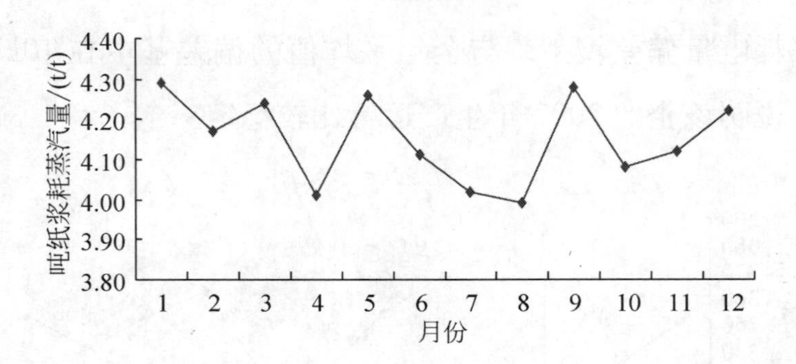

图 5-17　企业吨纸浆耗蒸汽量变化趋势图（2007 年）

该企业 2007 年生产用水控制较好，从 E-P 图（图 5-18）情况来看，其数据分布点比较集中，数据回归性较好，R^2 值近 0.96。该企业 2007 年各月吨纸浆耗水量与全年平均值偏差较小（图 5-19）。

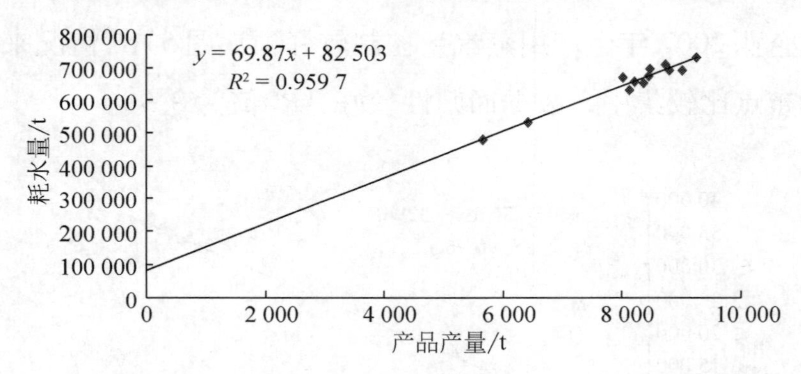

图 5-18　企业耗水量 - 纸浆产量 E-P 图（2007 年）

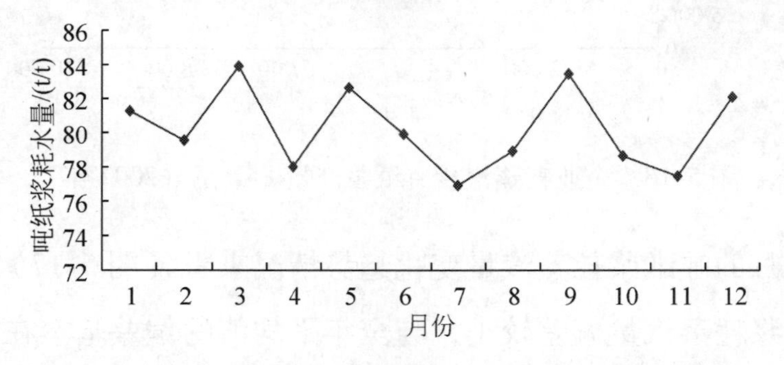

图 5-19　企业吨纸浆耗水量变化趋势图（2007 年）

(1) 国内标杆选取

该企业生产工艺及技术装备处于国内一般水平，因此项目组收集了国内同行业生产规模相仿、生产工艺类似的几个造纸企业的生产能耗数据，作为国内标杆，以便实现能源效率对标，详见表5-24。

表5-24　国内造纸行业可比能耗指标表

企业名称	指标名称	定额指标	备注
宁夏某纸业公司	吨纸浆耗电量/(kW·h/t)	368.795	2007年
	吨纸浆耗蒸汽量/(t/t)	4.17	2007年
	吨纸浆耗水量/(t/t)	81.52	2007年
吉林某纸业公司	吨纸浆耗电量/(kW·h/t)	428.7	2006年
	吨纸浆耗蒸汽量/(t/t)	5.13	2006年
	吨纸浆耗水量/(t/t)	80.79	2007年

(2) 国际标杆选取

根据调研，国际造纸行业的生产设备、生产工艺、产品类别差别较大，且该企业的生产工艺及设备比较特殊，如其能源转换系统（燃煤锅炉）仅生产蒸汽。而国外同行业的能源转换系统一般为热电联产系统，能源转换效率较高。在产品生产方面，该企业的主要产品（纸浆）是以芦苇为原料的，而国际造纸行业是以木材为原料的。因此指标可比性较差，无法选取国际标杆进行比对。

5.8.1.4　设立目标

该企业的单位产品能耗指标低于外部标杆，因此外部对标意义不大，故项目组主要采用内部对标分析以及根据企业内部所存在的节能潜力来设定目标。该企业2007年生产系统负荷相对稳定，基本发挥出了其技术装备的应有性能，因此选择2007年能耗数据作为基础进行对标。将2007年度吨纸浆耗电量、吨纸浆耗蒸汽量、吨纸浆耗水量作为短期目标。

该企业的进一步节能潜力在于提高企业技术装备水平，以此达到节能降耗的目的。就其具体生产系统而言，备料蒸煮工段消耗大量的蒸汽，其蒸汽输送管道保温措施不到位，蒸汽输送管损率在8%左右。经过与企业的沟通，将加强蒸汽管道保温、将蒸汽输送管损率降低至5%、吨纸浆耗蒸汽量下降3%作为近期目标，在一年内完成。将机电设备变频调速改造、降低吨纸浆电耗下降10%作为远期目标，预计可在三年内实现。据此项目组为企业设定了合理的标杆数值，见表5-25。

表5-25　企业能效考核标杆设定值

指标名称	短期（2010年）	中期（2011年）	远期（2013年）
吨纸浆耗电量/（kW·h/t）	349.98	349.98	315.60
吨纸浆耗蒸汽量/（t/t）	4.14	4.00	4.00
吨纸浆耗水量/（t/t）	80.03	80.03	80.03

5.8.1.5　能源效率改进建议

通过对该企业生产运行现场的考察、对近两年来的能耗指标分析，项目组提出了如下能源效率改进建议。

（1）蒸汽管道加强保温措施

通过对该企业的生产现场实地考察发现，该企业蒸汽输送管道保温措施不到位。蒸汽管道保温层存在大面积破损，蒸汽管道外表面温度高于90℃。按相关国家标准规定，该管道保温材料应采用石棉或聚氨酯，保温层厚度3cm以上，蒸汽输送管道外表面温度不能超过50℃。建议该企业按相关国家标准对蒸汽管道进行改造，以加强其保温措施，降低蒸汽输送损失率。

（2）负荷波动较大的风机、水泵加装变频调速装置

该企业生产系统及辅助系统的大量风机、水泵仍采用传统的节流调节方式，变频调速装置配备率不足20%，这类设备在运行中大量的电能消耗在调节档板处，造成了极大的能源浪费。建议对这类负荷波动较大的风机、水泵进行变频调速改造，以降低电力消耗。

（3）优化燃煤锅炉运行，提高锅炉热效率

建议对现有燃煤锅炉运行进行优化，以解决在现场考察时发现的燃烧锅炉排烟温度偏高、烟气含氧量偏高及热效率低的问题。

5.8.2 示范中遇到的问题及解决措施

示范中遇到的问题主要是以下两个方面：

1）主要生产系统蒸汽用量无准确统计，主生产车间的蒸汽管道上所配备的蒸汽流量计失灵。

2）企业自身的数据统计与相关标准有一定误差，误将食堂、生活区等用能计入单位产品能耗。

相应的解决措施为：

1）项团组通过深入现场实地考察，并向企业索取相关设计图纸

等材料，根据各路蒸汽管道的压力、管径等技术参数计算出进入主生产车间蒸汽量占总蒸汽产量的比例，以此计算其蒸汽消耗量。

2）根据相关国家标准与行业标准重新计算单位产品能耗，对其原有统计数据及计算结果进行修正。

5.8.3 对标管理方法学推广建议

能效水平对标管理方法学在企业示范推广过程中需要与企业具体的生产工艺、自身特点相适应，特别是在同行业的不同企业中，需要对能效水平对标管理方法学活学活用。

能效水平对标管理方法学的应用过程中离不开具体的生产工艺技术、生产装备技术以及生产管理经验的支撑，因此建议对企业生产管理人员加大能效水平对标管理方法学的宣贯培训力度。

第 6 章
Chapter 6

能效对标行业指南

6.1 水泥企业能效对标指南

6.1.1 指南介绍

《水泥企业能效对标指南》下简称《指南》作为水泥行业的一本工具书，是由中国水泥协会、天津水泥工业设计研究院共同编制，经国家发展和改革委员会审核通过。如何挖掘水泥企业潜力，成为其应该首要解决的问题，而事实证明，它也将会发挥其应有的作用，提供了行业方法和对标思路，对行业有充分的指导意义，利于推动行业节能减排技术的应用。

《水泥企业能效对标指南》的主要内容包括 6 部分：能效对标管理概述、水泥企业能效对标指标体系、水泥企业提高能效的技术及节能效果、水泥企业能效对标实施方法、能效对标综合评价及附录。

《水泥企业能效对标指南》的核心内容是：水泥企业能效对标指标体系、影响各工序的主要因素、解决途径及工程实例；提高能效水平的有效技术；附录的核心内容是企业对标案例、主要政策、法规和标准，并根据水泥工艺核心内容“三磨一烧”的特点，主要介绍粉磨、烧成、余热利用、废弃物替代、通用设备、电气节能的主要技术。

6.1.2 水泥企业能效对标指标体系

水泥企业能效对标指标体系见图 6-1。

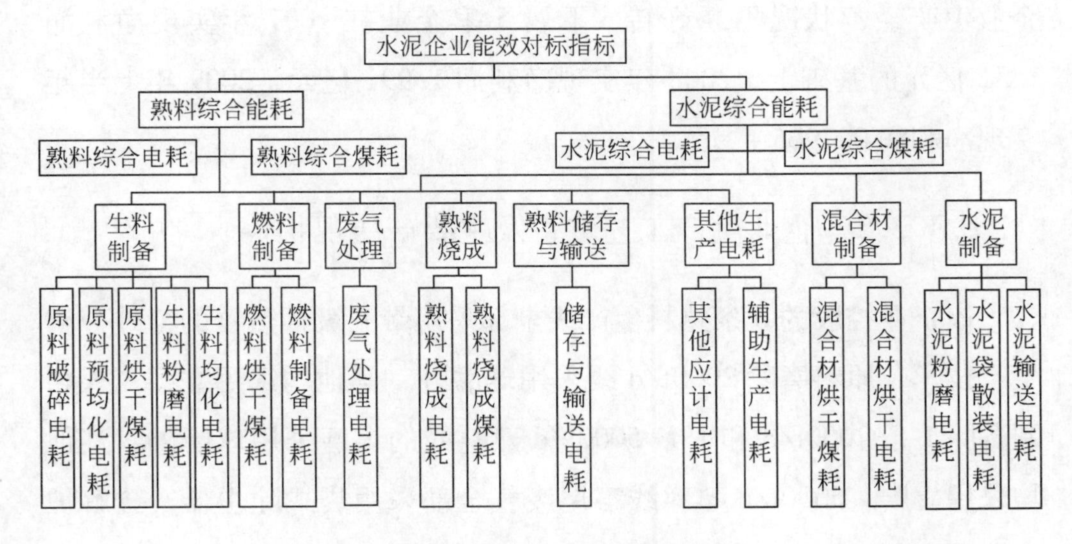

图 6-1　水泥企业能效对标指标体系

6.1.3　水泥企业能效对标案例

6.1.3.1　前言

水泥行业某企业是一家上市公司，控股 5 家水泥子公司，目前有 4 条 5000t/d、1 条 2500t/d、1 条 2000t/d 新型干法水泥熟料生产线，8 条带辊压机的 Φ4.2m×13m 联合水泥粉磨生产线，2009 年 9 月分别在豫龙水泥有限公司和黄河同力水泥有限责任公司再各开工建设 1 条 4500t/d 熟料线，该企业实际产能排全国第 14 位。

该企业于 2007 年 3 月申请加入全国水泥行业能效对标试点企业。中国水泥协会于 2007 年 11 月 30 日在该企业召开试点企业能效对标工作启动会议，2009 年 3 月 22 ~ 24 日对该企业及其子公司的能效对标工作进行了评估验收，与会专家对该企业及子公司的能效对标工作做法和取得的成绩、经验给予肯定。该企业经过两年多的不懈努力，企业生产经营状况不断好转，下属 5 家企业在 2007 年实现净利润 1.51 亿元的基础上，2008 年实现净利润 1.991 亿元，2009 年上半年实现净利润 0.7965 亿元。

6.1.3.2　企业生产工艺装备及主要产能现状

该企业控股的 6 条熟料生产线全部采用带五级预热器的窑外分解生产技术，原料磨除 2000t/d 线采用球磨外，其他均采用立磨；煤粉制备除 1 条 2000t/d 和 1 条 5000t/d 熟料线的煤磨采用球磨外，其他均采用立磨。5000t/d 熟料线窑尾废气全部采用袋式除尘器，分解炉 φ7.4m ~ φ7.7m。生产操作采用 DCS（分散控制系统，下同）技术，实现了从矿石开采到产品出厂的全自动控制。5 家企业 2008 年 5 月份全部采用企业资源规划（ERP）信息自动化管理技术，目前正在实施 ERP 大屏幕视频监控和视频会议系统，将为企业实现现代化管理提供及时准确的信息支持。2008 年生产熟料 856.15 万 t、生产水泥 760.87 万 t；2009 年上半年生产熟料 433.1 万 t、生产水泥 362.55 万 t。

6.1.3.3　企业能效对标管理的主要内容

1）确定一个目标：基于企业的实际情况，提出行业内学“海螺”、行业外学“三星”的目标。

2）建立两个数据库：在建立企业能效对标指标体系的基础上，用该企业最佳标杆建立能效对标指标数据库；同时建立企业最佳节能实践库。该企业利用能效对标工具对各企业生产技术指标完成情况进行演示，使企业负责部门解决自身存在的问题。通过企业总经理月度例会分析企业月度、季度、年度工序能效与标杆的差距，通过内部座谈会、职工合理化建议、网上信息等，广泛收集降低工序能效信息，将节能技术改造和提高管理水平与提高能效水平有效结合。创办了节能减排和对标管理活动专刊；同时还建立了定期的技术交流制度，在集团内部选择某一方面做得较好的企业作为该方面的标杆企业，组织其他企业召开现场技术经验交流会，通过对比和学习不断缩小与标杆企业间的差距。

3）建设三个体系：建设能效对标指标体系、能效对标管理综合评价体系、能效对标工作组织管理体系。为保证能效对标活动的顺利实施及取得效果的最大化，该企业建立了能效对标目标定期评估和考核制度。规定了考核方法，并将其纳入企业中期和年度完成情况考核计划，与各子公司总经理与母公司签订的生产经营、财务管理、消防安全、管理制度执行目标责任书一道进行考核，并将考核结果与经理层任职和工资收入挂钩。

6.1.3.4　企业开展能效对标工作内容

1）成立企业对标领导组织。能效对标管理活动要有充足的资源作为后盾，企业领导的高度重视和全力支持是开展工作的前提。企业领导不但积极支持，而且成立以总经理为组长的能效对标领导小组，由公司生产技术部负责具体工作。同时，坚持开展企业总经理间的月度工作对标报告工作。

2）制订能效对标发展战略。在各水泥企业进行工序电耗、煤耗检测，找出与标杆的差距，制订提高实施技改的具体步骤和措施。具体规划：①按照能效对标指南定义，细化工序能耗指标，实现煤耗比2008年下降1kgce/t；电耗降低3kW·h/t；窑运转率全部达到90%以上；5000t/d窑的熟料年产量达到180万t。②继续开展内部技术交流和能耗对标工作。③开展对子公司的设备管理评比，执行大修项目审核考评。④推广应用节煤助燃剂，进一步降低煤耗；试点应用纳米复合铜合金润滑油添加剂技术，降低设备电耗。⑤安排2522.3余万元进行40项有关收尘、工艺和设备的技术改造工作。⑥投资450万元实现子公司视频监控与技术参数共享，完善子公司ERP信息与母公司财务的无缝连接。⑦制订设备管理流动红旗评选细则，开展季度评选工作。⑧完成81台风机电机变频技术改造。

3）鼓励全员积极参与能效对标工作。能效对标工作不仅是管理层的事情，更是全体员工的事情。鼓励员工针对企业需要改善的地方提出建议，对有贡献人员进行奖励。

4）增强企业创新向上精神。在集团内部，哪家企业工作有成效，就在该企业组织开展现场经验交流会，通过内部学习，不断缩小与标杆的差距。

5）扩大信息交流与沟通。该企业创办节能减排和对标管理活动专刊，每月一次的宣传报道，将对标活动转化为企业全员关注的焦点。在对外沟通上，每年组织三次以上的专家讲课，让管理和技术人员了解国内外水泥行业发展信息；先后与哈尔滨工业大学、济南大学、郑州大学等开展了校企合作。

6.1.3.5 企业能效对标具体做法

1）统一思想、开展现状检测、制订能效对标技改措施。该企业从高管做起，统一思想，同时结合《水泥企业设计规范和能耗限额标准》，对企业30kW·h以上电机进行生产运行能耗检测，找出能耗差距原因，制订能效对标技改重点措施和提高规划。

2）掌握对标工具使用方法。该企业利用能效对标工具对各企业生产技术指标完成情况进行演示，使企业负责部门在运用工具中解决自身存在的问题。通过分析企业月度、季度、年度工序能效与标杆的差距，并通过内部座谈会、职工合理化建议、网上收集信息等，广泛汲取降低工序能耗信息，将企业技术改造和管理工作与能耗下降有效结合。

3）开好内部能效对标和技术经验交流会。通过内部工序对标和技术交流，提高窑、磨、余热发电操作技术，实现技术增产节能。2007 年以来，通过内部的对标、技术培训与交流，企业的水泥产品质量不断上台阶，2008 年生产熟料 856.15 万 t，比 2007 年同期增加产量 32.24 万 t；生产水泥 760.87 万 t，比 2007 年同期增加产量 53.32 万 t；熟料 28d 强度同比提高 1.5MPa，窑运转率同比提高 1.03 个百分点。利用余热发电解决了企业约 1/3 的用电量，实现利润比上年高 0.48 亿元。2009 年上半年熟料和水泥产量同比增长 2.6% 和 4.28%。

4）开展能效对标目标考核。依据各子公司总经理与母公司签订的生产经营、财务管理、消防安全、管理制度执行目标责任书，将对企业中期和年度完成情况的考核结果与经理层任职和工资收入挂钩。

2008 年，企业 6 条窑的吨熟料可比综合电耗比 2007 年下降 0.19kW·h、可比熟料标准煤耗比 2007 年下降 1.72kgce；单位熟料余热利用的并网电量比 2007 年提高 6.05kW·h/t。信息化管理平台的建立为该企业增产降耗、健康发展打下坚实的基础。

5）不断投入资金开展工艺、设备技术改造。2006 年在 5000t/d 窑投产不足 1 年就提出了余热发电、石灰石采矿废渣利用和企业信息化建设工作，投入资金达到 3.1 亿元，这些改造工作在 2008 年 7 月全部完成；2007 年提出投入 890 余万元进行 24 项工艺、设备改造，在 2008

年年底都已完成；2008 年投入 4800 余万元进行了风机电机变频、污水处理、电收尘改袋收尘器等 41 项改造工作。

6.1.3.6 开展能效对标的效果

2009 年上半年该企业 4 条 5000t/d 熟料线单位熟料可比标准煤耗为 103.64kgce/t（熟料 28d 强度 59.2MPa,），可比吨熟料电耗 67.03kW·h/t；2000t/d ~ 2500t/d 熟料线熟料可比标准煤耗为 111.68kgce/t，可比电耗为 68.35kW·h/t（熟料 28d 强度 63.27MPa）。2009 年上半年同力水泥 6 条熟料线单位熟料可比标准煤耗为 105.05kgce/t（熟料 28d 强度 60.09MPa）、吨熟料可比电耗为 67.55 kW·h/t（从矿山开采到熟料入库）；水泥磨电耗为 37.55kW·h/t。

5 ×9MW 纯低温余热发电项目分别在 2007 年 8 月、12 月和 2008 年 1 月、6 月、7 月建成，2007 年实现并网电量 0.239 亿 kW·h，2008 年实现并网电量 1.745 亿 kW·h，2009 年上半年实现并网电量 1.295 亿 kW·h；窑的运转率 2007 年为 88.2%，2008 年年底为 89.23%，2009 年上半年窑运转率 90.31%；5000t/d 熟料线年产量由 170 万 t 提高到 175 万 t 以上；2000t/d 加上 2500t/d 熟料线年产量由 155 万 t 提高到 160 万 t 以上。

6.1.3.7 经验与启示

1）开展能效对标，是提高企业技术管理，提升企业市场竞争能力的有效手段；企业信息化建设对集团公司科学管理有显著推进作用。近年来该企业较高的盈利水平就是通过完成余热发电技改和废物利用工艺改造，及建立管理体系创造的。

2）开好企业之间、岗位之间、工程技术人员之间的技术经验交流会，提高整体技术及应用方法水平是逐步缩小与标杆差距的有效方法，人人头上有指标，有压力才会不断进步。

3）对标活动应与时俱进，对标目标必须与个人经济收入挂钩，否则会慢慢被人忘记。只有采取与个人收入挂钩的方式，才能不断缩小与标杆的差距，提升企业综合竞争能力。

4）做好工序能耗现状分析，找出影响工序能耗的原因，采取有计划的技术改造投入，量力而行、分阶段完成就会不断取得成绩。

5）抓管理与抓技术同步进行，否则不会取得显著效果。

6）抓好对窑的运转率和临停次数考核，就抓住了降低熟料能耗的关键。

6.2 钢铁行业能效对标指南

6.2.1 指南介绍

对标管理作为一种新的管理理念引入中国的时间不长，在行业和企业层面，特别是在企业能源管理中的应用还很有限。为加强对企业能效对标工作的指导，国家发展和改革委员会资源节约和环境保护司组织国家发展和改革委员会能源研究所和相关行业协会编写了《重点耗能行业能效对标指南》。该指南介绍了企业能效对标管理的内涵、基本类型、国内外应用情况，较为系统地阐述了企业能效对标管理的实施内容、步骤、需要具备的条件，以及实施过程中需要注意的问题。针对钢铁行业还重点介绍了能效对标体系、指标的主要影响因素、可行的指标改进途径和措施等。

6.2.2 钢铁行业能效对标指标体系

6.2.2.1 现存的行业能效对标指标体系介绍及分析

中国钢铁行业原有的能源指标体系《钢铁企业能源平衡及消耗指标计算方法》于1982年颁布实施。随着钢铁工业的发展和结构调整，特别是在“九五”、“十五”计划中，钢铁工业技术装备水平显著提升，钢铁工业的流程结构和产品结构都发生了很大变化，如有的工序延伸了，有的工序一分为二或一分为三，余热余能回收利用已成为节能的重要手段等，都使得原有能源指标体系已不能完全满足全行业的节能工作深化的需要。

针对上述问题，重点耗能行业能效水平对标项目在对钢铁行业能源指标体系研究和完善的基础上，重点对能源指标的定义及其统计范围进行了明确和细化，并在此基础上提出钢铁行业能效对标采用的指标和指标体系，对钢铁行业能效对标工作提供指导。

钢铁企业能效对标指标及指标体系确定的最基本的原则是指标及指标体系的可比性。其次是根据对标的类型不同选取侧重点不同的指标体系。最后，是反映当前钢铁工业和钢铁企业节能的特点。

钢铁制造流程是由多个不同的生产工序组成的，前一道工序的产品为下一道工序的原料，这是钢铁工业所特有的特点。不同的企业由不同的流程组成，因此不同流程的企业间其能源消耗总量是不可比的。但对于不同的钢铁制造流程，基本上都有炼焦、烧结、炼铁、转炉炼钢、电炉炼钢、连铸等工序中的某个或某些工序，而这些工序的单位产品能耗在明确的界定范围内是相对可比的，是最贴近企业节能实际的指标，能直观反应企业各工序能源消耗情况。

指南所介绍的指标体系分为钢铁企业内部对标指标、同类企业间对标指标及企业与先进企业对标指标。

（1）企业内部对标指标

企业内部对标的特点是标杆对象合作程度高、收集数据适用性强，而且各类信息可获得性强。另外，企业的生产流程、产品规格等变化不大，因此企业全流程范围内的各能耗指标具有较强的可比性。企业根据自身对标的需求，选取企业近年来同类生产条件下某一年份或某一月份的最好能效水平的指标作为标杆值，相对应的工况条件为标杆工况。表6-1 列出了部分指标，企业可以根据自身的实际情况添加其他指标。

表6-1 钢铁企业内部对标的主要指标

类 别	能耗指标	子 项
企业综合能耗指标	吨钢综合能耗	吨钢余热余能回收利用量 COG 放散率 BFG 放散率 能源亏损 ……
主要生产工序	焦化工序能耗	干洗精煤消耗，kg/t（焦） 焦炉耗热量，kJ/t（焦） 电耗，kW·h/t（焦） ……
	烧结工序能耗	固体燃料消耗，kg/t 烧（结）矿 电耗，kW·h/t 烧（结）矿 ……

续表

<table>
<tr><th>类别</th><th colspan="2">能耗指标</th><th>子项</th></tr>
<tr><td rowspan="7">主要生产工序</td><td colspan="2">炼铁工序能耗</td><td>焦比，kg/t（铁）
喷煤比，kg/t（铁）
……</td></tr>
<tr><td colspan="2">转炉工序能耗</td><td>氧耗，m^3/t（钢）
电耗，kW·h/t（钢）
……</td></tr>
<tr><td rowspan="2">电炉工序</td><td>普钢电炉工序能耗</td><td>……</td></tr>
<tr><td>特钢电炉工序能耗</td><td>……</td></tr>
<tr><td colspan="2">精炼工序能耗</td><td>……</td></tr>
<tr><td colspan="2">连铸工序能耗</td><td>……</td></tr>
<tr><td colspan="2">热轧工序能耗</td><td>……</td></tr>
<tr><td>部分二次能源回收利用指标</td><td colspan="3">CDQ 回收蒸汽量，t/t（焦）
CMC 节能量，kg/t（焦）
烧结矿余热回收，kg/t（烧结矿）
TRT 发电，kW·h/t（铁）
LDG 回收量，m^3/t（钢）
蒸汽回收量，kg/t（钢）
轧钢加热炉烟气余热回收量，kg/t</td></tr>
</table>

资料来源：国家发展和改革委员会资源节约和环境保护司，2009

（2）同类企业间对标指标

同类企业对标是选取与自身生产规模、产品结构及设备规格相近的企业进行对标，但毕竟不同企业的产品结构和设备规格会有不同，甚至同类企业的同一工序内的设备规格也存在较大差异。考虑到对标指标可比性的因素，同类企业对标指标的重点侧重于基于工序能耗的主体流程重点耗能设备、节能技术以及相应的二次能源回收利用指标，吨钢综合能耗不再作为对标指标，不同工序的主要耗能设备按大小分为三个级别各自为不同的标杆值。选取的主要工序的能耗约占钢铁企业总能耗的90%，基本能够反应企业的能效水平，因此，同类企业间的具体对标指标见表6-2。

表6-2　同类企业间对标的主要指标

类　别	主要生产工序的主体耗能设备能耗	子　项
主要生产工序	不同规格的焦炉能耗	干洗精煤消耗，kg/t（焦） 焦炉耗热量，kJ/t（焦） 电耗，kW·h/t（焦）
	不同面积的烧结机能耗	固体燃料消耗，kg/t（烧结矿） 电耗，kW·h/t（烧结矿）
	不同容积的高炉能耗	焦比，kg/t（铁） 喷煤比，kg/t（铁）
	不同吨位的转炉能耗	氧耗，m^3/t（钢） 电耗，kW·h/t（钢）
	不同吨位的电炉能耗	
部分二次能源回收利用指标	CDQ 回收蒸汽量，t/t（焦） CMC 节能量，kg/t（焦） 烧结矿余热回收，kg/t（烧结矿） TRT 发电，kW·h/t（铁） LDG 回收量，m^3/t（钢） 蒸汽回收量，kg/t（钢） 轧钢加热炉烟气余热回收量，kg/t 吨钢余热余能回收量，kg/t（钢） ……	

资料来源：国家发展和改革委员会资源节约和环境保护司，2009

（3）企业与先进企业对标指标

由于先进企业的管理水平、人力资源、设备水平、生产技术以及节能技术和应用效果等方面都占有很大的优势。因此，企业与先进企业对标时，不考虑上述因素，而是针对指标的先进性进行比较，因此选取的是国内甚至国际先进指标进行对标，从而寻找差距以提高本企业水平。与先进企业对标的标杆值主要是依据《粗钢主要生产工序单位产品能源消耗限额》和《焦炭单位产品能源消耗限额》中各主要生产工序的限额先进值。企业与先进企业对标指标见表6-3。

表6-3　与先进企业对标的主要指标

类　别	主要生产工序能耗
主要生产工序	焦化工序能耗 烧结工序能耗 炼铁工序能耗 转炉工序能耗 电炉工序能耗
部分二次能源回收利用指标	CDQ回收蒸汽量，t/t（焦） CMC节能量，kg/t（焦） 余热回收，kg/t（烧结矿） TRT发电，kW·h/t（铁） LDG回收量，m^3/t（钢） 蒸汽回收量，kg/t（钢）

钢铁企业采用上述三种对标类型进行对标活动。首先，应从自身寻找提高能效的潜力、方法和措施。在此基础上，与同类企业进行对

标，寻找彼此的差距，提高能效。最后进行更高层次的对标，与国内甚至国际先进水平进行对标，进一步提高企业能效，从而使企业的能效水平达到国内甚至国际先进。

对标过程中涉及的各种能源的折算系数要统一，企业内部对标时，可采用本企业的能源折算系数，但是同类企业对标、先进企业对标时，根据《粗钢主要生产工序单位产品能源消耗限额》和《焦炭单位产品能源消耗限额》确定统一的能源折算系数，见表6-4。

表6-4　部分能源折算系数

能源种类	折算系数
干洗精煤（灰分10%）	1.0143 kg/kg
无烟煤（湿）	0.8571 kg/kg
动力煤（湿）	0.7143 kg/kg
焦炭（干全焦）（灰分13.5%）	0.9714 kg/kg
电力（当量值）	0.1229 kg/(kW·h)
电力*	0.343 kg/(kW·h)

*2005年电力企业联合会发布的发电煤耗；电力折算系数每5年更新一次。

6.2.2.2　在该行业开展能效对标工作的方法和程序

在钢铁行业开展能效对标工作应遵循以下方法和程序。

（1）建立能效对标领导小组

成立由企业负责能源的主要领导、各主要生产部门负责人参加的能效对标领导小组，成员包括能源部、焦化厂、烧结厂、炼铁厂、炼钢厂、轧钢厂等相应部门的分管能源负责人和各分厂的节能员。小组负责制订相关制度，制订对标计划，对计划的实施情况进行督促检查和指导，及时总结能效对标工作中出现的问题，总结对标的经验和教训等。

（2）进行能效对标宣传

在开展能效对标工作前，应广泛宣传能效对标的重要性，对员工开展能效对标指标体系及统计方法的培训等。

（3）制订能效对标相关制度

制订对标的目标落实、过程控制和监督评价的管理控制制度；制订经验和教训交流制度，通报工作进展和指标完成情况；制订对标评价制度，对年度能效改进措施、指标值完成情况进行评价。

（4）企业主要生产工序能耗现状分析

在指标体系及统计方法培训的基础上，对试点企业主要生产工序能耗和综合能耗现状进行自查和调研评估。

（5）能效对标类型及标杆值的确定

根据企业主要生产工序能耗现状的分析结果，根据自身情况确定对标类型。

（6）制订方案

企业选取内部对标类型时，应分析目前企业运行时的能耗情况与标杆值存在差距的原因，主要分析工艺技术的改进，节能技术的应用效果等，从而制订出相应的能效指标改进方案和具体实施计划。

企业选取与同类企业、先进企业对标时，主要分析管理水平、二次能源回收利用水平、节能技术的普及率和应用效果等方面存在的差异情况，从而制订相应的能效改进方案和实施计划。

（7）能效对标实施及实施效果评估

找出与标杆值的差距后，确定企业改进能效的潜力。将改进指标的措施和目标值分解，让企业中每一层级的管理人员和员工都具有提高能效的压力和动力。在能效对标实践过程中，要求企业修订完善各类规章制度，提高能源计量器具配备率、加强用能设备监测和管理，落实节能技术改造措施。企业还应定期就某一阶段能效对标活动的结果进行评估，分析能效改进措施和方案取得的效果，编写能效对标实施成果阶段性报告。

（8）指标值的动态性

企业对标活动所选取的标杆值，随着对标活动的深入、能效水平的提高，也应向着更高的能效水平发展。

6.2.3 钢铁行业能效对标案例

6.2.3.1 行业企业可从项目案例中借鉴的经验

重点耗能行业能效水平对标管理项目在钢铁行业选择了钢铁行业某企业热连轧厂作为试点企业。

该企业热连轧厂工艺相对简单且先进，能耗点突出，能源计量条件较好、统计真实。企业领导对项目表现了高度的支持，组建了能效对标工作团队，积极开展宣传。工作团队通过对企业工艺流程、原辅材料和能源消耗、耗能设备等情况的了解，尤其是对年产品月度数据、月度能耗数据、子工序月度能耗数据、能源强度和热装率等指标的收集，应用对标及 E－P 分析方法，找到了企业能源消耗方面存在的一些问题，并提出对应的改进建议。

在对标类型的选择时，因热连轧厂的产品比较多，受市场影响生产调度比较频繁，热装率指标不稳定，因而无法与同类企业、先进企业有效对比，所以主要采用内部对标分析来设定目标。

6.2.3.2 项目案例对 BMT 方法学的支持

能效水平对标管理方法学在试点企业应用时，遵循对标的方法和程序查找到了企业能源利用中存在的一些问题，并提出了改进建议。但因企业大部分计量没有细化到单个设备，所以无法定量分析工序中特定因素对能耗变化的影响，只能用定性分析方法进行分析。建议对标管理方法学在推广中应明确应用过程中生产工序的计量条件。

6.2.3.3 行业中的特有影响因素分析

影响钢铁企业能耗的主要因素包括企业的流程结构、产品结构、设备规模、生产过程中的原燃料条件及节能技术普及率及应用效果等。其中，目前能效对标的关键在于节能技术对于企业或工序能源利用效率的影响。对于不同企业、不同工序而言，其原料条件、燃料条件、设备规模、工艺流程、能源折标准煤系数等方面会有较大差异，而这种差异不仅对企业能耗产生影响，对各工序能耗也会产生重要影响，因此要分析这些差异对于能耗的影响，以实现企业能效对标指标的可比性。

在各因素中，能源折算系数是备受关注也是引起能效对标指标不可比的重要因素之一，能源折算系数的微小调整会对能耗有较大影响，而这种调整没有统一的规范，受人为因素影响较大，因此也是对标过程中备受争议的因素。

6.3 有色金属行业能效对标指南

6.3.1 指南介绍

为加强高能耗行业重点用能企业节能管理，提高能源效率水平，2007年9月，国家发展和改革委员会印发了《重点耗能企业能效水平对标活动实施方案》（发改环资〔2007〕2429号），明确提出，能效对标活动是指企业为提高能效水平，与国际国内同行业先进企业能效进行对比分析，确定标杆，通过管理和技术措施，达到标杆或更高能效水平的实践活动。

为贯彻落实该文件精神，2008年1月，中国有色金属工业协会（简称有色协会）制订了《有色金属重点用能企业能效水平对标活动工作方案》（以下简称《有色对标方案》），明确了有色协会的工作内容、主要做法和工作进度。并按照《有色对标方案》，做了大量的工作，成立了能效对标工作专家组，制订了能效对标指标体系，研发了有色金属工业重点用能企业能效对标专栏及对标系统软件及为“有色金属工业重点用能企业能效对标专栏”的建立收集了大量的基础性资料。其中《有色金属工业重点用能企业对标工作指南》中介绍了企业能效对标管理的内涵、作用、类型、实施内容、步骤及条件等。

6.3.2　有色金属行业能效对标指标体系

6.3.2.1　现存的行业能效对标指标体系介绍及分析

有色金属行业重点耗能企业能效对标活动是促进有色金属行业重点用能企业节能降耗的重大措施之一，有色协会建立的“有色金属工业重点用能企业能效对标专栏”（简称“对标专栏”）汇集了能效对标信息报送、信息查询和分析等信息服务、工作通报等功能，搭建起有色企业能效对标公共信息服务平台和工作平台——对标系统。

开展能效对标，企业应建立科学合理的能效对标指标体系，为对标管理提供真实客观地反映企业能源管理绩效的度量标准。这一指标体系应该能够系统地、定量地反映所要瞄准的能效对标的内容。

企业能效对标指标体系内容包括基本信息和评价指标。基本信息用于反映企业规模、主要设备状况等，作为能效对标比较和企业节能投入、能源管理提升的参考。评价指标应突出对节能绩效的要求，可包括反映企业能源利用效率和能源管理水平的一组评价指标，并按指标之间的因果关系形成不同层级的树状指标体系。可能的评价指标包括：单位产值能耗、单位产品能耗、重点工序能耗、资源综合利用率、能源加工/转换/使用设备运行效率等。

企业能效对标指标的具体确定，应考虑以下基本原则：一是全面性，指标体系应全面评价企业能源管理状况；二是独立性，即各指标之间应互相独立；三是熟悉度，指标应为行业、员工所熟悉，便于对比计算；四是代表性，尽量用最少的指标反映能源管理重大的方面；五是过程性，指标体系的建立不仅是一个结果，更是一个过程。

企业在能效对标管理工作实践中，可根据自身特点和能源管理的实际需要，基于上述原则，适当选择一组能效评价指标，建立本企业能效对标指标体系。随着能效对标管理工作的逐步深入开展，可根据不同阶段能效对标工作重点和对标成果，对能效对标指标体系进行动态调整和完善，逐步扩展对标范围，新增其他指标，使能效对标工作逐步覆盖企业各部门和各用能环节。

“对标专栏”所提供的“有色金属工业重点用能企业能效对标指标体系”分为两部分，第一部分介绍了铜冶炼、电解铝冶炼、矿产铅冶炼、再生铅、火法炼锌和湿法炼锌六类企业的能效指标的计算方法及口径；第二部分介绍了能源消费与统计基本知识，并介绍了六类企业的工艺流程及对标指标的耗能范围（表6-5）。

表6-5　有色金属工业重点用能企业能效对标指标体系

企业类别	能效对标指标
铜冶炼企业	单位铜冶炼综合能耗 单位粗铜综合能耗 单位阳极铜综合能耗 单位阴极铜综合能耗 粗铜电单耗 粗铜油单耗 粗铜煤单耗 铜电解直流电单耗
电解铝冶炼企业	铝液直流电单耗 铝液交流电单耗 单位重熔用铝锭综合能耗 电解槽平均电压 铝液电流效率 阳极效应系数

续表

企业类别	能效对标指标
矿产铅冶炼企业	单位粗铅综合能耗 单位铅精炼综合能耗 单位铅冶炼综合能耗 析出铅直流电单耗 粗铅焦炭单耗
再生铅企业	单位再生粗铅综合能耗 单位再生铅精炼综合能耗 单位再生铅冶炼综合能耗
火法炼锌企业	单位蒸馏锌综合能耗 单位精锌冶炼综合能耗
湿法炼锌企业	析出锌直流电单耗（有浸出渣处理） 析出锌直流电单耗（无浸出渣处理） 单位电锌冶炼综合能耗

企业可通过建立能效对标指标体系，全面开展能效对标管理，不断积累完善覆盖企业各部门、各用能环节的能效指标数据，进一步形成能效对标指标数据库，为客观评价企业能源管理绩效、树立各类能效标杆提供条件。该数据库包括能耗限额值、能耗限额准入值、能耗限额先进值（国际先进值）、行业平均值等指标，由有色协会负责填加。有色企业上报的数据进入该数据库，并自动分类、汇总，形成分品种的能效对标指标数据库。

在总结企业能源管理案例经验和标杆经验基础上，提炼能源管理最佳实践，建立企业最佳节能实践库。最佳节能实践，即标杆企业达到优良能源管理绩效的方法、措施和管理技巧。随着时间的推移，最佳节能实践库的内容应不断评估和更新，保持最佳节能实践的先进性和实效性。有色企业上报的对标相关报告，经有色协会按金属品种、生产工艺等分类整理并隐去企业名称后，进入最佳节能实践库，形成分品种的最佳节能实践库。

对标系统为用户提供了方便的查询、比对和分析功能，可实现如下任务目标：

1）使企业找出自身与先进水平的差距、自身存在的主要问题，为企业提供潜在标杆企业和对标指标目标值。

2）使地方节能主管部门、行业管理部门及时获取其所属地区有色企业能效对标的指标数据和相关资料。如实现各年度各项指标行业平均值的比对分析，建立最佳节能实践库等。

3）使国家节能主管部门、有色协会及时掌握有色企业对标活动的相关情况。逐步建立有色协会与企业之间的信息沟通渠道，掌握重点耗能企业在节能管理、节能技术、节能改造、节能进展等方面的情况，实现有色协会与企业在对标活动中的互动。

6.3.2.2 在有色金属行业开展能效对标工作的方法和程序

企业能效对标管理是一项通过基本工作步骤来追求卓越的能源管理绩效、持续不断地学习过程，非常正式化并具有完整的工作框架，通过既定的工作步骤或是流程模型来引导对标工作的施行。大致上可分为六个实施步骤。

（1）分析现状

企业首先要对自身能源利用状况进行深入分析，充分掌握本企业各类能效指标客观、翔实的基本情况。在此基础上结合企业能源审计报告、企业中长期发展计划，确定能效对标内容。

(2) 选定标杆

企业根据确定的能效水平对标活动内容，在行业协会的指导与帮助下，初步选取若干个潜在标杆企业。组织人员对潜在标杆企业进行研究分析，并结合企业自身实际，选定标杆企业。

(3) 制订方案

通过与标杆企业开展交流，或通过行业协会、互联网等收集有关资料，总结标杆企业在能效指标上先进的管理方法、措施手段及最佳节能实践。结合自身实际全面比较分析，真正认清标杆企业产生优秀能源管理绩效的过程，合理确定能效指标改进目标值，制订切实可行的指标改进方案和实施进度计划。

(4) 对标实践

企业根据确定的能效指标改进目标、改进方案和实施进度计划，将改进指标的措施和指标目标值分解落实到相关部门、车间、班组和个人，把提高能效的压力和动力传递到企业中每一层级的管理人员和员工身上，体现对标活动的全过程性和全面性。在能效对标实践过程中，企业要修订完善规章制度，优化人力资源，强化能源计量器具配备、加强用能设备监测和管理，落实节能技术改造措施。

(5) 对标评估

企业就某一阶段能效水平对标活动成效进行评估，对指标改进措施和方案的科学性和有效性进行分析，撰写对标指标评估分析报告。

（6）改进提高

企业将能效对标实践过程中形成的行之有效的措施、手段和制度等进行总结，制订下一阶段能效水平对标活动计划，调整能效标杆，进行更高层面的对标，将能效水平对标活动深入持续地开展下去。

6.3.3 有色金属行业能效对标案例

6.3.3.1 行业企业可从项目案例中借鉴的经验

重点耗能行业能效水平对标管理项目在有色金属行业选择了两家公司作为试点企业。

试点企业 1 是我国黄金行业第一个实现科研院所与企业有机结合的科技型企业。企业拥有每天处理 150t 难处理金精矿的生产能力，氧化提金工艺整体水平和各项经济技术指标稳居国际先进水平。企业建立了能源采购管理制度、能源分配管理制度及关键用能设备管理制度等。但该企业能源计量器具方面较为欠缺，二、三级能源计量器具备配率较低。能源统计工作受能源计量器具配备不足的影响较大，目前只有针对企业整体的用能统计，各工序、各关键生产设备尚未纳入能源统计范畴。由于国家对黄金生产企业的生产数据有相关保密性的要求，而且该企业重点耗能工艺属于自行研发的专利技术，涉及保密工艺。项目组在相关资料和数据的获取上受到很大影响，各工艺能耗无法与设备对应，无法确定工艺能耗的变化因素及设备的影响因素，因此无法由项目组进行对标管理的试点研究。

项目组认为这是一个典型的案例，从中可以汲取宝贵的经验教训。即在今后的试点企业选取过程中，要避免选取国家、行业或企业对相关生产数据或工艺有保密要求的企业，要将重点放在生产工艺技术成熟，产品产量规模化的企业。

试点企业2首期年产10万t锌冶炼项目总投资10亿元，于2006年5月建成投产。企业的发展目标是将企业建设成中国著名的有色金属选矿、冶炼及深加工基地、行业先进生产力代表，最终实现探、采、选、冶、加工一体化的集约经营模式。企业的生产工艺及其技术装备代表中国湿法炼锌先进水平。企业能源管理机构已建立，能源计量器具配备比较齐全，可实现分工序能耗计量。企业制订了企业内部能耗考核体系，为能效对标工作奠定了基础。试点中遇到的问题主要反映在：①能耗统计范围特殊。该企业有色金属生产工艺环节包含了硫化锌精矿焙烧工艺，与国内其他湿法炼锌企业有所不同。②部分工序的监测计量缺失。电解锌工序直流电消耗无计量，交流量转换为直流电环节的整流效率无法得到有效监测。针对能耗统计范围问题，试点中采取将企业自身的能耗定额作为内部标杆开展对标。针对监测和计量的缺失问题，试点中采取根据具体的设备负荷及运行状况、装置的技术参数等，估算相关指标。

项目案例主要是依据企业自身能耗数据开展内部对标，开展内部对标，资料和信息易于获得，不存在资料转换问题，无需考虑涉及商业机密问题，在专业化程度较高的企业内，可以促进部门间能源管理工作的沟通。但其缺点是视野比较狭窄，不易找到最佳节能实践典范，并且学习的对象局限在企业内部，很难为企业节能管理带来创新性突破。

6.3.3.2　项目案例对BMT方法学的支持

能效水平对标管理方法学在试点企业1的实施过程中，遇到生产工艺特殊、技术装备参数极为保密、产品特殊的情况，方法学的作用没有充分发挥出来。建议优化方法学，使其更简易，企业能够自行使用其进行对标工作。

在有色金属行业试点企业2，遵循对标的方法和程序查找到了企业能源利用中存在的一些问题，并提出了改进建议。试点的启示在于，能效水平对标管理方法学的应用过程离不开具体的生产工艺、技术装备以及生产管理经验的支撑，应加大对企业生产管理人员进行能效水平对标管理方法学的宣贯培训。

6.3.3.3　行业中的特有影响因素分析

进行能效对标分析的基础是建立科学合理的对标指标体系，“有色金属工业重点用能企业能效对标指标体系”中除明确指标的计算方法和口径外，在填报时还应注意以下问题：

1）能源消费总量要注意企业能源消费量、工业生产综合能源消费量、工业生产能源消费量、非工业生产能源消费量、能源加工转换产出量和回收利用量之间的关系。

2）单位产品综合能耗的子项包括各工序直接消耗的各种能源总量与辅助、附属部门（间接消耗）的各种能源总量分摊量之和（折标煤）。

3）单位产品综合能耗的子项、母项所对应的口径要一致，正确理解指标含义。

4）再生金属产品的能耗指标要单独计算，不能和矿产金属的能耗混在一起计算，子母项口径要一致。

5）生产铝用碳素制品的能耗指标要单独计算，计算电解铝单位产品综合能耗指标时，不包括生产铝用碳素制品的能耗。

6）余热利用扣除问题，应按余热利用计算原则处理。余热利用能耗的计算原则：对于本生产过程中反复循环使用的能源只计算一次，消耗量不得重复计算（如余热、余能回收利用的蒸汽、热风、发电等）。余热利用装置用能计入本工序，回收的能源应按折标煤系数折算后在本工序能耗量中扣除，用于本工序的部分计入本工序的实物消耗，转入其他工序的部分在所用工序以正常消耗计入。

7）计算能源消耗总量时不含耗能工质，计算单位产品能耗时能源消耗量包括生产使用的耗能工质（如水、氧气、压缩空气等），耗能工质应折标准煤计算。

8）各种能源的折标煤系数、耗能工质能源等价值系数，执行国家统计局的统一规定，即按实际测定的发热值或规定的折标准煤参考系数折算。

6.4 氯碱行业烧碱能效对标指南

6.4.1 指南介绍

《氯碱行业烧碱能效对标指南》是由中国化工节能技术编制，经国家发展和改革委员会审核通过。并在三家烧碱企业开展了试点工作。

《氯碱行业烧碱能效对标指南》的主要内容包括六部分：能效对

标管理概述、烧碱能效对标指标体系、烧碱提高能效技术措施、能效对标实施方法、能效对标综合评价、能效对标总结内容。该指南核心是结合行业过去统计资料与目前烧碱指标设定的实际，提出了烧碱对标指标体系与具体指标。

6.4.2 烧碱企业能效对标指标体系

根据烧碱生产工艺和能耗指标统计的实际，确定能效对标指标体系与指标。包含以下的指标：离子膜法和隔膜法不同规格产品单位烧碱综合能耗、耗电、耗蒸汽指标；盐水制备工序的耗水、动力电、蒸汽等指标；电解工序的耗循环水、软水、工艺电、动力电、蒸汽等指标；氯气、氢气处理工序的耗循环水、冷冻水、动力电等指标；电解液蒸发工序的耗蒸汽、动力电、循环水等指标；固体烧碱的耗动力电、燃料、循环水等指标和整流工序的整流效率、电损失等指标。

6.4.3 烧碱企业能效对标案例

2008 年 9 月 2 日，试点企业 1 召开了烧碱能效水平对标启动大会，标志着在化工行业中能效对标活动的正式开始。接着，试点企业 2 和试点企业 3 也相继分步骤开展试点工作。

试点企业通过现状分析、与先进企业交流学习，并对照自己历史最好水平，提出盐水精制、改性隔膜、氯气液化装置进行节能改造搬迁、氯氢干燥系统工况优化、淡碱蒸发节能改造等系统能量优化方案，部分已付诸实施，部分尚在调研中。可望在能效水平对标活动中，在专家组指导下，进一步优化节能方案，确保节能目标完成。

试点企业2生产42%隔膜碱采用的是三效四体顺流蒸发工艺。该工艺中蒸发是一个重要工序，存在着高温、高压、易堵、冲刷严重、腐蚀强等特点。因设备、管道运行时间长，跑、冒、滴、漏较为严重，制约隔膜碱的正常生产。因此，该企业对蒸发工序进行了整体改造，共投资252万元。后来，他们又对电机进行变频调速改造，降低电耗。同时还增加了监控设施，生产数据实现了自动化控制。烧碱生产所有的生产数据和计量数据全部接入DCS系统，进行实时监测和自动控制。目前该工艺已达到了国内先进水平，正在与更先进的国际水平对标。

试点企业3在烧碱能效对标活动中投资近450万元，对新老系统合成炉进行余热利用改造。将老系统普通铁皮炉改为“二合一”副产蒸汽合成炉，副产低压蒸汽用至盐水预热等；新系统水套式石墨合成炉改为组合式“三合一”副产蒸汽炉，副产低压蒸汽用于离子膜低碱蒸发、盐水预热、聚氯乙烯分厂等。这样，每年节约蒸汽约88 000t，经济效益达1100万元。

第 7 章
Chapter 7

能效对标管理实施障碍分析

7.1 政策法规障碍

（1）能效对标激励和约束政策缺位

国家在重点行业能效对标方面的政策的引导和激励力度不够，国家层面上目前还未出台任何鼓励能效对标的政策措施，如在投资、财政和税收等方面的激励和约束政策都缺位。而国家政策的引导是推动能效对标的重要力量，所以需要出台相关的具体政策措施来才能引导和推动重点耗能企业积极有效开展能效对标活动。

（2）节能政策体系还待完善

近年来，虽然国家出台了多项鼓励节能的政策措施，取得了一定的效果。但是，有一些政策还需要进一步完善和落实，如制订高耗能产品的强制能效标准，建立与项目建设相配套的市场准入和退出机制等。例如，目前化工行业中仅有氯碱、电石等少数行业建立了市场准入制度，多数高耗能产品的市场准入制度尚未建立起来；同时电石、黄磷等行业的发展过快，产能过大，部分企业的能耗高、综合利用水平比较低，按照产业政策应该淘汰，但由于缺乏退出机制，地方关停这部分企业相当困难。市场准入制度以及落后产能的退出机制的缺位均对化工行业重点耗能企业的节能和能效提高形成了障碍。同时，中央与地方之间在利益和成本的分摊上也需要进一步的协调。

7.2 体制障碍

（1）滞后的能源统计

目前，有些行业的能耗统计办法很不健全。有的是十多年前制订的，已不适应当前行业的需要；有的根本没有标准，需要立即研究制订。高耗能产品的节能设计规范和能效标准的制订或修订工作也明显滞后或存在重要欠缺，难以对当前工业新增产能的能效控制形成有力支持。现有的统计数据很难真实反映行业的实际情况，建立和完善节能减排的统计体系、标准体系和监管体系还需要做许多艰苦的工作。

（2）薄弱的能源管理基础

按照《节能法》中的有关要求，重点用能单位应当设立能源管理岗位，能源管理人员负责对本单位的能源利用状况进行监督、检查。但是许多企业没有专职的能源管理机构或是其设置不能适应加强节能工作的需要，有相当数量的重点用能单位都没有专职节能工作人员，造成了企业的能源消耗与节约工作还基本处于粗放式的状态，极大地阻碍了能效对标工作。同时企业计量器具的不完整，会导致企业能耗数据不全，应加强企业对能耗计量重要性的认识，能耗现状不清楚，就无法进行差距分析，进而提高能效。

（3）缺乏健全的节能监测体系

由于节能监测体系不健全、监测手段不健全、监测的统计手段不健全，无法真正掌握企业的实际能耗情况。节能监测能够及时、有效、真实的为能效指标考核提供科学依据。如煤矿的节能监测网络建设，应运用先进的能耗监测技术仪器，定期对主通风机、主排水系统、压风系统、主提升系统、工业锅炉、皮带运输系统、矿井供电系统等重点工序能耗进行检测，才能有效地进行能效对标工作。

7.3 认识障碍

重点用能企业缺乏对国家有关节能政策法规、市场准入、能耗限额、行业能效水平、选取标杆、国内外最佳节能实践以及对同行其他企业采取的节能管理、节能技术的了解，对自身开展能效对标活动的方法、实施步骤、实施内容、工作要点等缺乏必要的知识，会在很大程度上阻碍能效对标工作的开展。同时，对能效对标的认识误区也会影响该工作的顺利开展，典型的认识误区包括以下几方面。

（1）认为对标管理就是对数据

过于将注意力放在指标数据和排序上，对指标数据的真实性不清楚，对指标的过程管理不尽掌握，容易在对标比较中产生误判。数据只是作为衡量企业节能绩效水平的一种尺度和统计工具，如果对标过程脱离实际，片面追求单纯的指标数据，忽略了对各类业务流程的梳理对比与优化分析，不注重典型经验的积累学习及各项业务工作的整改、实践、完善和提高，能效对标管理不会取得好结果。

（2）搞不清对标内容和对标方向

在对标实践中，深入进行企业的现状分析至关重要，企业只有对自身现实情况进行认真调查分析，才能发现问题和不足，找出差距，有针对性地对企业的管理、流程进行梳理和优化，在此基础上，确定对标内容和方面。这样对标工作才能有的放矢，避免决策失误和资源浪费。

（3）能效对标是短期行为，只是生产部门的事情

能效对标不是短期行为而是不断循序渐进的过程，是一个从现状分析、选定标杆、最佳实践到持续改进的循序渐进的闭环过程。同时，能效对标是一项全员、全方位、全过程的系统工程，没有广大员工的参与，对标不可能取得成效。

7.4 技术障碍

（1）缺乏行业能效对标指南

目前国家已经制订出台了四个行业的能效水平对标的指南，即水泥、钢铁、氯碱行业烧碱和有色金属，但其他重点耗能行业，如煤炭、电力、纺织、造纸和烧碱外的其他化工产品的能效对标指南还未出台。同时这些重点耗能行业的对标指标体系、对标指标数据库、国内外最佳节能实践库尚未建立，缺乏国外最佳能效指标以及成熟的共性的节能管理、技术信息。

（2）能耗数据的可比性较差

能效对标过程中，同行业不同企业之间能效除受企业规模、技术

装备水平等影响之外，还受到原材料选取、地域差异和地方环保要求等因素的影响，使得同行业企业的能效数据存在一定程度的不可比性。例如：水泥企业的水泥熟料生产窑型以及生产规模不一致，导致企业间能耗的可比性差。水泥企业由于采用的原燃料品位的差异，导致熟料强度差别较大，导致企业间能耗可比性差。钢铁企业铁矿石品位的差异也会导致炼钢过程的能耗太不相同，从而导致企业间能耗数据的可比性差。能耗统计范围，即对标范围的不一致，导致企业间能耗的可比性差，如炼铁企业的综合能耗的起点和终点在何处，是从矿石开采开始计算，还是从炼铁、炼焦工序开始计算，是到热轧完成，还是冷轧即可。电力折标准煤系数的影响，导致能耗的可比性差。冬天不需要消耗大量电力进行保温的南方炼钢企业和需要保温的北方炼钢企业之间能耗数据的可比性差。地方环保要求的不同也会导致企业能耗数据的不可比性。

7.5 融资障碍

开展能效对标工作往往需要投入资金完善三级计量器具、进行设备改造以及节能技术改造，但企业往往不愿意或者无法安排资金投入。例如，昆明钢铁集团有限公司于2007年开展能效对标管理，投入200多万元资金才解决了本部煤气、氧气供应系统中存在的计量盲点，使本部能源计量配备水平、能源计量数据质量得到提高。而国电宣威发电有限责任公司在2006年能效对标过程中，共投资2000多万元，对四台机组的引风机和凝结水泵实施变频改造，所有凝结水泵拆除一级叶轮。引风机使用变频技术，厂用电率降低0.3%，凝结水泵变频改造并拆除一级叶轮后，降低厂用电率0.18%。

7.6 其他障碍

(1) 对标指标和标杆企业的确立存在困难

企业迫于市场经济体制下的竞争、生态和发展压力，在能效指标处于领先或先进的企业往往以技术保密或商业机密等托词，不愿公开企业的实际能效指标，尤其是企业的实用或先进节能技术。这在一定程度上阻碍了企业间的相互学习和交流，尤其在国际上能效领先的国外企业比较系统的能效指标更是无法获取。

(2) 行业协会作用有待加强

能效对标工作的开展对行业协会的工作任务要求很高，行业协会应进一步加强对重点耗能企业能效对标活动的指导和服务，制订对标指标体系和统计口径，对重点耗能企业对标活动进行跟踪、指导和评估。要建立重点耗能企业能效对标指标数据库、最佳节能实践库，收集国内外先进工艺技术水平、装备规模、能效等信息，及时充实更新对标信息数据库。然而大部分行业协会是自收自支的非盈利性民间社团组织，没有经费来开展相应工作，无法起到应起的作用。

第 8 章
Chapter 8

能效对标管理政策建议

8.1 完善能效对标管理机制

1）建立从省到地方的能效对标管理机构，引导、推运企业开展能效对标活动。

根据《节能法》中的相关规定去督促企业设立能源管理师岗位，并赋予管理权限、责任与义务。能源管理师在企业的能源管理中，能够对企业的能源应用状况进行诊断，提出节能措施、分析能源帐单、挖掘节能潜力、测量并验证节能量、全方位能源管理。只有进入企业中高层管理岗位，才能真正推动企业节能工作。

2）从固定资金投资项目节能评估和审查初期，就将能效对标管理的理念贯穿到该项目工作中，使能效对标从项目的前期工作开始，贯穿项目全过程，为建成后的企业持续开展能效对标活动奠定坚实的基础。即

①要求项目设计单位在可行性研究报告或项目申请报告中建立一整套能真实客观反映生产、经营等活动的能效指标体系及与之相应的基础数据，规范能效指标种类、计算范围、计算公式等，从源头规范能效对标活动，推动设计单位自觉将能效对标的理念贯穿到其他项目设计中，达到“以点带面”的示范作用；

②将按国家和行业标准配备能源计量器具作为节能评估的一项重要内容，使项目能效指标体系可量化，从而使建成后的企业能效对标活动直观、简明、高效；

③将新建、改建、扩建项目主要用能设备能效对标理念在节能评估报告中体现，将主要用能设备能效对标作为项目节能验收的必要条

件之一，将设备经济运行指标作为设备投运的“门槛”标杆指标，在项目验收之时就进行主要用能设备的能效对标，为项目建成后主要用能设备高效运行奠定基础。

8.2　制订行业能效对标指南

加快制订重点耗能行业（如纺织、煤炭、造纸以及除烧碱之外的其他化工行业）的行业能效对标指南，指导企业充分利用指南开展能效对标活动，推动企业调整产品结构，加快节能技术改造，强化节能管理，降低能源消耗。对标指南要具有可操作性，对企业层次的使用者要实用，指南对试点企业要具有普遍的指导性，要侧重于如何帮助企业组织和实施对标活动。

编制行业能效对标指南时，应编制指标体系图（框架）来介绍总体对标的结构，各个行业再根据行业特点有针对性地丰富和完善指标体系。指标体系除了技术方面的对标，还应强调组织、管理等综合性指标。对标指标并不限于能耗指标，原材料消耗、关键工艺参数和操作指标都可拓展为对标指标（如发电企业对标指标体系就包括了锅炉主蒸汽温度、压力、排烟温度、烟气含氧量和非计划停运次数等工艺指标和操作指标）以便开展细致的差异分析，准确地找到关键影响因素，有针对性地制订改进方案和实施方案。但对标指南要突出实用性，要结合试点企业的反馈意见，细化组织实施的流程。指标体系中的标杆值要进行验证，如可能可注明是哪个企业的数值。总之要力求指标体系有科学性、合理性、可操作性，这个可操作性也包括有可比性。同时行业的能效对标指南应该每三年修订一次，尤其是技术进步措施和行业的标杆指标要进行补充修订。

8.3 建立能效对标资金支持机制

1）国家和地方节能主管部门每年应从节能资金中安排一定资金，采取补助、奖励等方式，积极支持对标企业节能技术改造、对在用的主要用能设备进行能效普查测试。

2）对企业能效对标过程中形成的重点节能技术创新和改造项目，省级节能专项资金应优先支持，并优先向国家推荐节能奖励项目，争取国家节能专项资金支持。

3）对企业能效对标过程中形成的重点节能技术创新和改造项目给予信贷支持，扩大其融资渠道。

4）对“节能标杆示范企业”在税收、企业融资、申报项目等方面开展“绿色通道”，在各级财政节能专项资金给予特殊政策扶持，如加大资金扶持比例。

8.4 完善能效对标服务体系

1）行业协会应建立本行业重点耗能企业能效对标指标数据库、最佳节能实践库，收集本行业国内外先进工艺技术水平、装备规模、能效等信息，及时充实和更新本行业对标信息数据库；定期分析和汇总本行业内企业能效对标活动进展情况，发布最佳节能实践等信息；举办能效对标培训班，加强对相关人员的培训；及时为企业提供必要的对标活动信息服务。

2）咨询机构要发挥专业技术和信息优势，加强能效对标方法、对标工具和最佳节能实践的研究；加强对重点耗能企业对标活动的跟踪、评估和指导，推动企业开展能效对标活动。

8.5 建立能效对标监管体系

1）各行业协会应针对企业在能效活动中遇到的问题，给予及时指导；组织开展与国内外同行业能效先进企业的对标交流；督促企业按要求提交有关信息；组织专家审核企业提交的指标数据、分析报告。

2）各省（自治区、直辖市）节能主管部门应督促企业及时并如实报告对标指标和分析报告。

3）国家发展和改革委员会应汇总分析各行业协会提交的对标工作报告，加强跟踪、指导和监督检查。

4）加强节能监测监管，充分发挥节能监测监管对能效对标的促进作用。针对企业能源利用监测和监察中发现的能源浪费和节能管理薄弱环节，节能执法机构在提出限期整改建议时，指导和督促企业通过实施能效对标，对照先进水平，采取改进措施，提高能源利用水平。

8.6 建立能效对标后评价机制

编制一套用于考核而设定的反映企业能效对工作水平，反映企业能效对标效果的可量化指标的考核办法，构建一个由相关指标组成的综合考评的评价体系，对已开展能效对标工作企业的后评估。通过能效对标后评价，检查用能单位开展能效对标的合规性；有关能源消耗数据的真实性、可靠性、合理性；确定用能薄弱环节；采用改进的措施、工艺技术、设备的经济性和可行性。为各级政府制订有关节能技术政策提供依据；为企业节能降耗进行节能规划和节能技术改造提供可靠的依据。后评价工作应以企业自评为主，可组织社会中介机构进行评价，最终节能主管部门负责组织行业专家对企业能效水平对标管理的现场综合评估。

8.7 建立能效对标奖惩制度

1）对能效对标指标目标值完成情况好的企业给予奖励；要表彰先进典型，根据重点耗能企业能效对标活动评估结果，对能效对标活动业绩突出、能效指标先进的企业给予表彰，并在全国和地方性媒体上进行宣传报道，发挥对标先进企业的典型示范和辐射作用。

2）对能效对标指标目标值为未完成的企业，要求其上报所在地省级节能主管部门，限期整改；一律不得参加年度评奖、授予荣誉称号，不给予国家免检等扶优措施；年内对其新建高耗能投资项目和新增工业用地暂停核准和审批。

8.8　建立能效对标的试点与推广机制

1）开展试点和示范。深入开展重点耗能行业能效对标试点工作，建立一批能效对标管理试点示范企业，以形成集技术、管理、政策、机制于一体的综合示范，以此为基础推进全国能效对标工作，尤其是化工、钢铁、有色金属、煤炭、造纸等重点耗能行业的能效对标和节能工作。

2）扩大宣传。结合每年“节能宣传周”、“地球环境日”等活动，通过电视台、电台、杂志、报纸等媒体加大相关政策法规宣传力度，普及能效对标知识，以提高全社会对能效对标在可持续发展和增强企业竞争力中重要作用的认识。

3）加强交流。开展能效对标工作的国际国内交流与合作，通过省际互访、国际考察等途径，学习借鉴先进的经验、方式方法、节能技术等，促进中国能效对标工作水平提高。

参考文献

对标和节能工具（BEST，最佳水泥工具）在中国水泥行业中的应用 2009. http：//china. lbl. gov/zh-hans/research/best-cement-china

对标行动：调结构转方式的“助推器”2011. http：//www. xinhuanet. com/chinanews/2011-01/13/content_21852119. htm

钢铁和水泥行业能效对标研究 2009. http：//elec. wanfangdata. com. cn/qikan/periodical. articles/bjjn/bjjn2009/0904/090416. htm

国家发展和改革委员会 . 2008. 对标管理与应用 . http：//www. dcement. com/snzhuanti/hzhybd/200905/74238. html

国家发展和改革委员会 . 2011. 企业能效对标管理及应用 . http：//wenku. baidu. com/view/61dbf7d96f1aff00bed51ece. html

国家发展和改革委员会资源节约和环境保护司 . 2009. 重点耗能行业能效对标指南 . 北京：中国环境科学出版社：94-98，120，141

侯杰 . 2009. 化工能效对标 . http：//info. chem. hc360. com/2009/04/08101858491. shtml

颜芳 . 2010. 结合能效水平对标开展工业固定资产投资项目节能评估的实践 . http：//d. wanfangdata. com. cn/Periodical_zwny201004019. aspx

吴玮 . 2009. 开展水泥节能对标支持工业节能降耗 . http：//www. cinn. cn/xw/cinngz/187906. shtml

能效对标推进有色金属工业节能减排 . 2008. http：//www. cnfeol. com/news/internal_summary/20081013/09215628279. aspx

王全亮 . 2009. 能效对标指标体系构建及应用的一点思考 . http：//www. qikan. com. cn/Article/glgc/glgc200928/glgc200928233. html

熊华文 . 2009. 水泥企业能效对标分析工具 . http：//www. sngyw. com/columns/detail/shownews. asp？newsid = 149&p = 2

云南省经济委员会节能办公室 . 2008. 节能对标管理

曾学敏 . 2011. 水泥企业能效对标及实践 . http：//www. 3158. cn/news/20110105/11/80-02476306_1. shtml

中国有色金属工业协会 . 2008. 有色金属工业重点用能企业能效对标活动指南

附　录
Appendix

附录1　国内外先进能效指标

1. 水泥企业

附表 1-1　不同规模生产线及水泥粉磨企业能效对标数据

项　目		国际先进水平	国内先进水平	全国平均水平
1 000～2 000 t/d（含1000t/d）	熟料综合电耗/(kW·h/t)	66	73	82
	熟料综合煤耗/(kg/t)	108	115	130
	熟料综合能耗/(kg/t)	116	124	140
	水泥综合电耗/(kg/t)	89	100	110
2 000～4 000 t/d（含2 000t/d）	熟料综合电耗/(kW·h/t)	58	65	74
	熟料综合煤耗/(kg/t)	104	108	118
	熟料综合能耗/(kg/t)	111	115	127
	水泥综合电耗/(kg/t)	83	90	100
4 000t/d 以上（含4 000t/d）	熟料综合电耗/(kW·h/t)	55	57	65
	熟料综合煤耗/(kg/t)	100	104	111
	熟料综合能耗/(kg/t)	107	111	119
	水泥综合电耗/(kg/t)	80	85	95
60 万 t/a 水泥粉磨企业水泥综合电耗/(kW·h/t)		34	36	40
80 万 t/a 水泥粉磨企业水泥综合电耗/(kW·h/t)		33	35	39
120 万 t/a 水泥粉磨企业水泥综合电耗/(kW·h/t)		32	34	38

资料来源：中国水泥协会。

2. 钢铁企业

附表 1-2　钢铁企业能效对标数据

项目			国际先进水平	国内先进水平	国内重点企业平均水平
吨钢综合能耗/(kg/t)			655（555.1）	680	741
吨钢可比能耗/(kg/t)			646	650	714
焦化工序	焦化工序能耗/(kg/t)		128（36.3）	125	142.21
	炭化室高度/m	4.3			167.57（杭钢）
		6			125.93（宝钢）
		7.63			114.2（曹妃甸）
烧结工序	烧结工序能耗/(kg/t)		57（74.3）	60.55	64.83
	烧结机面积/m^2	100～200			67.79～76.24
		200～300			55.21～58.05
		300 以上			56.21～58.83
高炉工序	高炉工序能耗/(kg/t)		438（423.7）	396.7	466.2
	高炉容积/m^3	1 000			
		2 580			
		4000 以上			
转炉工序	高炉工序能耗/(kg/t)		（-9.5）		
	装机容量/t	小于 100			-1.3～-1.1
		100～200			-25.8～7.4
		200～300			-21.7～15.7
电炉工序能耗/(kg/t)			111	115	
精炼工序能耗/(kg/t)			83（13.0）	90	

续表

项　目	国际先进水平	国内先进水平	国内重点企业平均水平
连铸工序能耗/(kg/t)	(3.9)		
热轧工序能耗/(kg/t)			

注：①国内水平数据主要来自中国钢铁协会；国际水平数据来自中国钢铁协会、美国劳伦斯伯克利国家实验室、日本《钢铁界》等。其中，国际先进水平数据中括号内的数值来自美国劳伦斯伯克利国家实验室，按照国际钢铁协会 EcoTech 工厂的数据，即假设企业设备规模最现代化，而且采取了所有可能的节能技术。但受统计范围、数据来源、统计方法和不同口径等因素的影响，部分指标仅有参考意义。国内重点企业水平数据部分指标受统计范围限制，以数值区间的形式表示。

②不同企业、不同工序由于原、燃料条件，设备规格，工艺流程，能源折标准煤系数等方面存在不同，在实施对标之前要对企业数据进行具体修正。

③转炉工序能耗与原有定义范围不同，仅包括铁水预处理和转炉冶炼部分，不包括钢水二次精炼和连铸部分。

④连铸和热轧工序能耗应根据不同轧机、不同产品类型进行对标。

3. 烧碱企业

附表 1-3　烧碱企业能效对标数据

产品规模/%	能效指标	国际先进水平	国内先进水平	国内平均先进水平
离子膜法液碱≥30	综合能耗当量值/等价值/(kg/t)	330/950	340/960	348/970
	耗交流电/(kW·h/t)	2 150	2 250	2 300
	耗蒸汽/(t/t)	0.1	0.14	0.26
离子膜法液碱≥45	综合能耗当量值/等价值/(kg/t)	330/950	356/976	368/990
	耗交流电/(kW·h/t)	2 150	2 250	2 300
	耗蒸汽/(t/t)	0.1	0.22	0.4

附录

续表

产品规模/%	能效指标	国际先进水平	国内先进水平	国内平均先进水平
离子膜法液碱≥98.5	综合能耗当量值/等价值/(kg/t)		840/1 400	745/1 430
	耗交流电/(kW·h/t)		2 250	2 300
	耗蒸汽/(t/t)		0.51（含液碱耗气）	0.52（含液碱耗气）
离子膜法液碱≥30	综合能耗当量值/等价值/(kg/t)	635/1 250	700/1 350	745/1 430
	耗交流电/(kW·h/t)	2 200	2 300	2 350
	耗蒸汽/(t/t)	2.5	2.85	3.0
离子膜法液碱≥42	综合能耗当量值/等价值/(kg/t)	635/1 250	750/1 400	780/1 465
	耗交流电/(kW·h/t)	2 200	2 300	2 350
	耗蒸汽/(t/t)	2.5	3.2	3.5
离子膜法液碱≥96	综合能耗当量值/等价值/(kg/t)		1 260/1 930	1 270/1 950
	耗交流电/(kW·h/t)		2 300	3.5
	耗蒸汽/(t/t)		1.638（含液碱耗气）	0.98（含液碱耗气）

附表 1-4　烧碱企业工序能耗对标数据

工　序	项　目	国内先进水平		国内平均先进水平	
盐水水制备工序	动力电/(kW·h/t)	30		35	
	蒸汽/t	0.5		0.7	
	水/t	4		5	
电解工序	工　艺	离子膜	隔　膜	离子膜	隔　膜
	工艺电/(kW·h)	2 100	2 150	2 150	2 200
	动力电/(kW·h)	30	5	35	8
	蒸汽/t	0.1	0.06	0.15	0.08
	软水/t	2.0		3.0	
	循环水/t	20	10	25	15

续表

工　序	项　目	国内先进水平		国内平均先进水平	
氯氢处理工序	动力电/(kW·h)	50		60	
	循环水/t	20		30	
	冷冻水/t	0.9		1.0	
	N_2/m^3	20		25	
隔膜碱蒸发工序	规模	30%	45%	30%	42%
	动力电/(kW·h)	2.6	3.0	2.8	3.2
	蒸汽/t	30	30	40	40
	水/t	150	150	160	160

注：①数据来自中国化工节能技术协会。

②国内平均先进水平是指能耗低于国内平均水平企业的能耗加权平均值。

③各工序能耗分别按照制备 1 t 盐水（315g/L）、1 t 100% 烧碱，处理 1 t 100% Cl_2、生产 1 t100% 烧碱计算。

4. 电解铝企业

附表 1-5　式电解铝企业能耗对标数据

能效指标	国际先进水平	国内先进水平	国内平均水平
原铝综合交流电耗/(kW·h/ t)	13 600	13 618	14 488

注：国际先进水平数据来自美国劳伦斯伯克利国家实验室；国内数据来自中国有色金属协会。其中国内平均水平数据为 2007 年全国平均值，国内先进水平为 2007 年上半年能效最高的企业。

5. 合成氨企业

附表 1-6　合成氨企业能耗对标数据

能效指标	原　料	数　值	国内先进水平	国内平均水平
吨氨能耗/(kg/t)	煤	1 158		1 645
	天然气	956		

注：国际先进水平数据来自美国劳伦斯伯克利国家实验室；国内平均水平数据来自中国化工协会。

6. 乙烯企业

附表 1-7　乙烯企业能耗对标数据

能效指标	国际先进水平	国内先进水平	国内平均水平
乙烯综合能耗/(kg/t)	478	510	889. 8

注：①国际先进水平数据来自美国劳伦斯伯克利国家实验室；国内先进水平数据来自中国化工协会；国内平均水平数据来自《中国能源统计年鉴》，为 2003 年数据。

②以上数据都以石脑油为原料，不包括乙烷、液化天然气、柴油等原料路线。

7. 煤炭生产企业

附表 1-8　煤炭生产企业能耗对标数据

能效指标	国际先进水平	国内先进水平	国内平均水平
原煤耗电/(kg/t)	16. 99		23. 73

注：国际先进水平数据来自《中国能源统计年鉴》，为英国 1994 年数据；国内平均水平数据来自中国煤炭协会，为 2007 年数据。

附录2 用能产品能效标准

附表 2-1 用能产品能效标准

标准号	标准名称	备 注
GB12021.1－1989	家用及类似用途电器电耗（效率）限定值及测试方法	
GB12021.1－2003	家用电冰箱电耗限定值及节能评价值	第二次修订
GB12021.3－2004	房间空气调节器能效限定值及能源效率等级	第二次修订
GB12021.4－2004	电动洗衣机能耗限定值及能源效率等级	第一次修订
GB12021.5－1989	电熨斗电耗限定值及测试方法	已列入修订计划
GB12021.6－1989	自动电饭锅效率、保温电耗限定值及测试方法	已列入修订计划
GB12021.7－2005	彩色电视广播接收机能效限定值及节能评价值	第一次修订
GB12021.8－1989	收录机效率限定值及测试方法	
GB12021.9－1989	电风扇电耗限定值及测试方法	
GB17896－1999	管形荧光灯镇流器能效限定值及节能评价值	
GB18613－2002	中小型三相异步电动机能效限定值及节能评价值	
GB19043－2003	普通照明用双端荧光灯能效限定值及能效等级	
GB19044－2003	普通照明用自镇流荧光灯能效限定值及能效等级	
GB19153－2003	容积式空气压缩机能效限定值及节能评价值	
GB19415－2003	单端荧光灯能效限定值及节能评价值	
GB19573－2004	高压钠灯能效限定值及能效等级	
GB19574－2004	高压钠灯用镇流器能效限定值及能效等级	
GB19576－2004	单元式空气调节机能效限定值及能源效率等级	
GB19577－2004	冷水机组能效限定值及能源效率等级	
GB19761－2005	通风机能效限定值及节能评价值	
GB19762－2005	清水离水泵能效限定值及节能评价值	

附录3 国家新近节能政策目录

1. 中华人民共和国节约能源法(2007 年修订,2008 年 4 月 1 日施行)
2. 国务院关于加强节能工作的决定（国发〔2006〕28 号）
3. 国务院关于印发节能减排综合性工作方案的通知（国发

〔2007〕15号）

4. 国务院批转节能减排统计监测及考核实施方案和办法的通知（国发〔2007〕36号）

5. 关于印发“十一五”十大重点节能工程实施意见的通知（发改环资〔2006〕1457号）

6. 国家发展和改革委员会、科学技术部关于印发中国节能技术政策大纲（2006）的通知（发改环资〔2007〕199号）

7. 国家发展和改革委员会关于加强固定资产投资项目节能评估和审查工作的通知（发改投资〔2006〕2787号）

8. 国家质量监督检验检疫总局、国家发展和改革委员会关于印发《加强能源计量工作的意见》的通知（国质检量联〔2005〕247号）

9. 国家发展和改革委员会等关于印发千家企业节能行动实施方案的通知（发改环资〔2006〕5719号）

10. 国家发展和改革委员会办公厅关于印发企业能源审计报告和节能规划审核指南的通知（发改办环资〔2006〕2816号）

11. 财政部、国家发展和改革委员会关于印发《节能技术改造财政奖励资金管理暂办法》的通知（财建〔2007〕371号）

12. 国家发展和改革委员会、财政部关于印发《节能项目节能量审核指南》的通知（发改环资〔2008〕704号）

13. 财政部、国家发展和改革委员会联合发布了《高效照明产品推广财政补贴资金管理暂办法》（财建〔2007〕1027号）

14. 国家发展和改革委员会关于印发《重点用能单位能源利用状况报告制度实施方案》的通知（发改环资〔2008〕1390号）

15. 国家发展和改革委员会关于印发《重点耗能企业能效水平对标活动实施方案的通知》（发改环资〔2007〕2429号）

附录4　BMT 方法学工作手册*

附表 4-1　承诺管理表（工作表 1）

等　级	政策及体系	组　织	推动因素/动机	信息系统	资料通告/常识/了解程度	投　资
4	具有正式的能源/环境政策及管理系统，行动方案及常规的例行检查，并得到高级管理层或从企业战略角度的承诺	将能源/环境管理整体综合到企业管理系统中，并对能源消费进行清晰的责任划分	能源/环境负责人及员工在所有层面上有正式及非正式的定期沟通渠道	综合系统：设立目标，监测原材料和能源消耗，废物和废气排放，故障识别，成本计量和节约以及提供预算的跟踪	了解原材料的市场价格，能源效率，以及能源/环境管理绩效	对增加环境/能源效率的投资：应用积极性的区别待遇，参加支持能源/环境节约计划的活动，并对所有新建工厂及工厂改造的机会有详细的投资评估
3	具有正式的能源/环境政策，但是没有建立正式的管理系统，并且没有得到高级管理层没有积极的承诺	由企业管理层的成员担当能源/环境管理负责人，负责领导能源委员会的工作	能源/环境委员会能通过主要渠道与主要使用者取得直接联系	监测和目标报告系统：基于辅助测量/监测的数据，向使用者提供监测和目标报告，但是不包括有效的节约量	项目工作人员了解常识及接受了培训	对增加环境/能源效率的投资：应用相同与其他所有投资的偿还标准，对新建工厂及工厂改造的机会有粗略的计划

*本手册由企业填写，不同类型的企业需要根据实际情况修改表单。

续表

等级	政策及体系	组织	推动因素/动机	信息系统	资料通告/常识/了解程度	投资
2	有由能源/环境经理建立的非正式的能源环境/政策	设立在职能源/环境管理负责人，向特别委员会汇报，但是直线管理与监督权限不清晰	通过由高级部门负责人领导的特别委员会与主要使用者取得联系	监测和目标报告：基于所提供的测量数据及发票提供监测和目标报告。其中，在预算中特别的包括了负责能源/环境的职员	一些特别工作人员了解常识及接受了培训	对增加环境/能源效率的投资：应用通常的短期偿还标准
1	有未成文的指导方针	由具有有限的影响力及监督权利的兼职人员担当企业能源/环境管理负责人	在工程师与部分使用者间建立非正式的联系	成本报告：基于发票数据提供成本报告，工程师为技术部门编制内部报告	对能源效率及资源节约有非正式的接触/了解	对增加环境/能源效率的投资：应用低成本标准
0	没有明确的政策方针	没有设立能源/环境管理负责人或者正式的对能源消费进行责任划分	与使用者没有联系	没有信息系统：没有关于原材料、能源消耗及废物产生的会计核算	没有推广能源效率及资源节约	对增加环境/能源效率的投资：没有投资为其做准备

附表 4-2　BMT 团队注册表（工作表 2）

序号	姓名	项目中职务	隶属部门	任务

附

录

附表 4-3　公司简介（工作表 3）

1. 公司名称	
2. 地址	
3. 电话/传真	
4. E-mail	
5. 网址	
6. 成立时间	
7. 合法地位	
8. 员工人数	
9. 年营业额	
10. 联系人 姓名： 电话/传真/ E-mail： 职务：	
11. 公司简介	
12. 其他信息	

附表 4-4 耗能设备注册表（工作表 4）

行业或部门：

序号	设备名称	装机容量	数量	技术指标及规格			
				品牌	型号	详细设计参数	具体运转参数
1	锅炉						
2	空气压缩系统						
3	热流体加热器						
4	熔炉						
5	冷却塔						
6	制冷空调车间						
7	变压器						
8	发动机						
9	风扇						
10	泵						

附表 4-5　生产工艺的文字描述（工作表 5）

工艺步骤编号	工艺步骤名称	简要描述
1		
2		
3		
4		
5		
6		
7		
8		
9		
10		
11		
12		

附表 4-6　主要产品表（工作表 6）

年份：		产品月产量												年产量	占年产量比例/%	单位产值	占年产值比例/%
产　品	产品计量单位	1	2	3	4	5	6	7	8	9	10	11	12				
	t																
	t																
	t																
	t																
	t																
	t																
	t																
	t																
总产出																	

附表 4-7 能源消耗表（工作表 7）

年份：		转化为千克标准煤/kgce	每月消耗能量/kgce												年度（总能耗）	百分比（占总能耗）	成本（单位能耗）	每年累计成本电
能源种类	单　位		1	2	3	4	5	6	7	8	9	10	11	12				
电	kW·h	0.149 925																
天然气	m^3	1.604 198																
液化石油气（丙烷）	L	1.049 475																
液化石油气（丁烷）	L	1.154 423																
柴　油	L	1.559 22																
汽　油	L	1.443 778																
石油（轻油）	L	1.610 195																
石油（重油）	L	1.737 631																
褐　煤	kg	1.152 924																
煤　炭	kg	1.206 897																
木　柴	t	0.566 717																
总能源消耗量																		

附表 4-8　设备能源消耗表（工作表 8）

设备名称	
设备用途	

年份：		单位数量（每月消耗量）												消耗量	成本
能源种类	单位	1	2	3	4	5	6	7	8	9	10	11	12	（每年）	（每年）
电	kW·h														
天然气	m^3														
液化石油气（丙烷）	L														
液化石油气（丁烷）	L														
柴　油	L														
汽　油	L														
石油（轻油）	L														
石油（重油）	L														
褐　煤	kg														
煤　炭	kg														
木　柴	t														
能源总量															

附表 4-9　产品原材料平衡表（工作表 9）

产品名称：

年份：	月产量													年产量	总产量/%	单位价值	累计价值（每年）
	单　位	1	2	3	4	5	6	7	8	9	10	11	12				
合格产品																	
原材料	月消耗量													年消耗量	总消耗量/%	单位成本	累计成本（每年）
	单　位	1	2	3	4	5	6	7	8	9	10	11	12				
废　物	月产量													年报废量	总报废量/%	单位成本	累计成本（每年）
	单　位	1	2	3	4	5	6	7	8	9	10	11	12				

附表 4-10　工艺能源消耗表（工作表 10）

工艺名称：

年份：		燃料或能源种类	月耗能量												年耗能量	所应用的单位转换系数	消耗量（每年）	成本（每年）
设备	单位		1	2	3	4	5	6	7	8	9	10	11	12				
名称																		
能源总量																		

附表 4-11　能源强度计算表（工作表 11）

年份：		月能源消耗量												年能源消耗量
能源消耗量（每道流程）	单　位	1	2	3	4	5	6	7	8	9	10	11	12	
子流程名称	MJ													
	MJ													
	MJ													
	MJ													
	MJ													
	MJ													
	MJ													
	MJ													
	MJ													
总能源消耗量	MJ													

附表 4-12　耗能设备例行检查（工作表 12）

设备名称				
设备用途				
设备规格/详述	生产者提供数据	实际测量数据	所查出差别	根据观察出的区别对绩效作出的合理解释

附表 4-13　耗能设备年度最佳绩效（工作表 13）

年份：	效率（每月）												平均效率
设　备	1	2	3	4	5	6	7	8	9	10	11	12	（每年）
设备名称													
最佳月份值													
每月偏差													

注：请为每个设备复制此表格。

附表 4-14　工艺的年度最佳绩效（工作表 14）

年份：	效率（每月）												平均效率
设　备	1	2	3	4	5	6	7	8	9	10	11	12	（每年）
工艺名称													
最佳月份值													
每月偏差													
年份：	效率（每月）												平均效率
设　备	1	2	3	4	5	6	7	8	9	10	11	12	（每年）
工艺名称													
最佳月份值													
每月偏差													

注：请为每个设备复制此表格。

附表 4-15　工艺的理论最佳绩效（工作表 15）

年份：	效率（每月）												平均效率
设　备	1	2	3	4	5	6	7	8	9	10	11	12	（每年）
工艺名称													
理论值													
每月偏差													

注：请为每个设备复制此表格。

附表 4-16　外部标杆表（工作表 16）

年份：		能源强度（每月）												年能源强度	其他工厂绩效范围*	国际最佳绩效*	理论绩效*
工　艺	单　位	1	2	3	4	5	6	7	8	9	10	11	12				
	MJ/t																
	MJ/t																
	MJ/t																
	MJ/t																
	MJ/t																
	MJ/t																
	MJ/t																
	MJ/t																
	MJ/t																
	MJ/t																

*请填表企业标出信息来源

附表 4-17　目标设定（工作表 17）

年份：		每年平均能源强度	减少能源强度的潜能　关于：					范　围		目　标		
工艺 A	单位		每年最好的月份	理论上的最佳绩效	外部标杆（1）	外部标杆（2）	国际最佳实践	最低	最高	短期	中期	长期
名　称	MJ/t											
潜在减少量	%											

附表 4-18 改进数据表（工作表 18）

当前数据	
日期（起始/结束）	
改进（方法/手段）名称	
有关工艺及/或设备	
改进原因（对改进行动所带来的影响进行观察及测量）	
改进所带来的影响（估计或测量）	
职　责	
用法说明	
成本	
利益/好处	
详细描述	
补充信息及推荐/建议	
风险及假设	

附表 4-19 培训需求评估表（工作表 19）

工作评估	培训需要	如何培训	时间/长度	预算	结束日期	负责人
联系人：			完成日期：			